序章

序章

Tsuiho reijo, kurafuto shinagara kyampinguka de isekai wo tabi shimasu

人とコミュニケーションを取るのが苦手だった。

だから私は、孤独に過ごすことが多かった。

勉学は好きだったので没頭した。

でもそれ以上に、ものづくりが好きだった。

なので、よく身の回りにある電化製品や工業製品を、分解したり、自作して遊んだ。

特に、初めてパソコンを一から組み立てることに成功したときの感動は、今でも忘れていない。

ちなみに、作業のために必要な工具や機材は、両親が無制限に買い与えてくれた。

時は流れ――

私は大学生となった。

工学部に進学。

専攻は機械工学科。

順当に進級し、３回生となり、卒業研究に打ち込み始めた。

そんなある日のことである。

私は交通事故に遭った。

苦痛も感じる暇もない即死。
そうして、私――古木佐織《ふるきさおり》の21年の人生は、幕を閉じたのだった。

……。

……と、思っていたんだけど。
気づけば、私は見知らぬ屋敷の一室にいた。
眼前に1人の女性が立っている。
(ここは……?)
わけがわからず周囲を見渡す。
うん、屋敷だ。
中世ヨーロッパのような個室。
テーブル。
椅子《いす》。
ベッド。
壁の絵画。
内装や調度品はそこそこカネのかかったものだと一目でわかった。
いったいどこだろう、ここ?
私、トラックにはねられて死んだはずだけど。

「何をキョロキョロしているの？」

目の前に立っていた女性が言った。

「あなたには国外追放の命令が下されたのよ。さっさと支度《したく》をして出て行きなさい」

——そのとき。

私は自分の身に起こった状況を理解した。

ああそうか。

これは異世界転生だ。

死んで、この異世界に、新しい生を受けて生まれ変わったのだ。

——私は、子爵令嬢エリーヌである。

エリーヌとして19年間、この世界で生きてきた。

そして、前世が古木佐織であったことを、たった今思い出した。

元々持っていた私の記憶に、前世の記憶が流れ込んでくる。

まるで走馬灯のごとく、わずかな時間のうちに、前世の人生を歩んだような感覚。

あまりの情報量の多さに立ちくらみを起こしそうになる。

自我の混乱が起こっていたので、私は改めて、自分が何者であったかを確認する。

(私は子爵令嬢、エリーヌ。ランヴェル帝国の貴族、ブランジェ家の末女で、魔法使い)

魔法の名門であり、軍事の大家であるブランジェ家。

その末の娘であるのがこの私——エリーヌ・ブランジェ。

青色の長髪と紫の瞳《ひとみ》を持つ。それが私。

一家の中で最も冷遇されてきた令嬢だ。

「無能だと、人の話もろくに聞けないのかしら？」

眼前の女性、母であるディリス・フォン・ブランジェから馬鹿《ばか》にされたように言われる。

――無能。

私はずっとそうさげすまれてきた。

その理由は、私の適性が【錬金魔法《れんきんまほう》】であったことだ。

錬金魔法とは、アイテムや武具を生産する魔法。

いわば職人系の魔法である。

軍の名門であるブランジェ家にはふさわしくなかった。

それでも新兵器の開発などに才があればマシだったかもしれない。

だが私の錬金魔法は凡人の域を出ないものだった。

ゆえに無能だとののしられ……

特に、母からひどく嫌われた。

母は、軍人として優秀に育った兄や姉を溺愛し……

一方で、私に対しては露骨に冷たく接して、日頃から暴言を浴びせかけた。

お前は出来損ないだ、と。

何度言われたかわからない。

そして挙句の果てには国外追放の宣告だ。

絶望した。

もう死んでしまいたいとさえ思った。

だけど……。

だけど、今は……。

(錬金魔法……!!　そうか……この魔法には、無限の可能性があったんだ!)

私は前世の記憶を取り戻した。

そのおかげで、科学的な知識を思い出した。

なぜ火が燃えるのか?

なぜ水を冷やせば氷になるのか?

雲は、大地は、海は、いったい何からできているのか?

その答えが科学にはあった。

そして、それらの知識は、間違いなく錬金魔法の上達につながると確信できた。

(私は何も知らなかった。無知だったんだ。何も理解していないのに、錬金魔法が上手《うま》くいくわけない)

錬金魔法は、物事の原理を知れば知るほど上達するとされている。

しかし、この世界では、科学が発達していない。

原理に対する探求が甘いのだ。

だから、錬金魔法の真価が発揮されていなかった。
でも前世の知識を思い出した、今の私なら……
早く試してみたい。
実践してみたい。
科学知識をベースにした、新しい錬金魔法を……！
「エリーヌ、聞いているの⁉」
母が強い口調で言ってきた。
しまったしまった。
まだ話の途中だったね。
私はさっさと会話を終わらせたくて、早口で言った。
「ああはい。国外追放ですね。わかりました。すぐに出て行きます」
「……そう。聞き分けが良くて助かったわ」
母はフンと満足げに鼻を鳴らして退出していった。
さて……私も家を出る準備をしないとね。
まずは着替える。
部屋着を脱ぎ捨ててローブを着用した。
続いて部屋の隅に置いてあったアイテムバッグを拾い上げる。
アイテムバッグとは、異空間にアイテムを保存しておける魔法カバンだ。

そのバッグの中に、自室に保管してあったものを詰め込んでいく。
金貨１００枚。
宝石。
アクセサリー類など。
さらに隣の部屋へ行く。
そこは私の工房部屋アトリエであった。
保管してあった工具や素材をアイテムバッグにどんどん放り込んでいく。
さらに錬金魔法に関する書物も収めた。
「さて、それじゃあ出て行くとしましょうか」
私は陽気にそうつぶやいて、屋敷をあとにした。
さっきまで絶望していたのに、今はウキウキの気分だった。

第一章

第一章

春。

4月中旬。

晴れ。

私は屋敷を出て、並木道をしばらく歩く。

するとブランジェ領の領都に辿《たど》り着く。

領都は、ブランジェ領の中心地だ。

人口は2万人程度。

赤い屋根の家が立ち並んでいる。

街路には露店が立ち、広場には市が開かれている。

この都市の住民は私ことエリーヌを知っている者が多い。

かつては陽気に声をかけてくれたりもした。

しかし、今日はそうではない。

「おい……エリーヌ様だぜ」

「国外追放になったって」

「汚職事件の首謀者だったんだろ？　人は見かけによらないってこのことだよな」

ひそひそ。

ひそひそ、と、遠巻きに噂話《うわさ》をささやかれる。

というか、もう国外追放のことが広まっているの？

……いや。

そうだった。

私はここ10日ぐらい、牢屋《ろうや》に閉じ込められていたんだった。

牢屋から出られたのは、つい昨日のこと。

その10日間のあいだに、国外追放と、その原因になった汚職事件の噂が広まったらしい。

私は思った。

（汚職事件の首謀者、か）

何の汚職かといえば、軍事関係の汚職である。

エリーヌは、ブランジェ家の方針で、15歳のときには軍に正式入隊し……

2～3年で、そこそこのポストにまで昇進していた。

今回、その地位を利用して、良からぬ者たちから、約1年にわたって不正な資金を受け取ったり、横流しをしていたというのが、エリーヌにかけられた疑いである。

（汚職なんて……）

もちろん私はそんなことはしていない。

汚職をしたのは母だ。

しかし、母はその罪をエリーヌへとなすりつけた。

エリーヌこそが汚職の主犯だとでっちあげたわけである。

よって母は無罪放免。

一方、エリーヌは大罪人として国外追放の通告を受けたわけだ。

(うーん、改めて考えると、腹立たしいね)

私は、母を愛していた。

母からはとっくに愛想を尽かされていたのに、私はそれを信じられなかった。

しかし、古木佐織としての記憶がよみがえった今、ようやく自分の現状というものを、客観的に分析できた。

私は相当、理不尽な目に遭っていると……。

確かに私は、ブランジェ家にとって、好ましい適性ではなかったかもしれない。

でも、これはおかしいだろう。

母の頭の中にあるのは保身だ。

自身が償うべき罪を、私に押し付けただけだ。

その事実を認識したとたん、母に対する愛情が冷えていき、怒りが心を塗りつぶしていく。

しかし……激情に飲まれる前に、私は大きくため息をついた。

(まあろくでもない母親だったということで、諦《あきら》めるしかないね)

そう割り切ることにした。

悩んでもどうしようもない。

そんなことより、錬金魔法のアイディアでも考えたほうがよほど有意義だろう。

私は気を取り直す。

街路を進んだ。

宝石やアクセサリーの換金を行える宝石商の店を訪れたが、国外追放を命じられた私に対して、換金には応じてくれなかった。

なので行商人に交渉を持ちかけて、買い取ってもらうことになった。

これで手持ちの金貨は1000枚となる。

日本円にすると、金貨1枚は1万円。

つまり金貨1000枚とは、1000万円と同義である。

(よし、最低限の資金は手に入った)

このあと、私は素材屋を訪れた。

ブランジェ家の屋敷で回収した素材だけでは、全然足りない。

だから素材屋で目ぼしい素材を片っ端から購入していくことにしたのだ。

あらかた買い終えると、また別の素材屋へ。

そうして複数の素材屋をはしごする。

やはり、私が国外追放を受けた者だからということで、素材を売ってくれない店もあったが……

なんとか、欲しい素材は全《すべ》てゲットできた。

あとは露店を巡って、いくらか食料を買い集める。

以上の買い物で金貨980枚も使ってしまい、残金は金貨20枚だけになってしまった。

しかしまあ、必要な経費だったから仕方ない。

（とりあえず、これで出発の準備は完了だね……！）

素材屋を出た私は、ひとまずカフェで昼食を取った。

スープ定食とお茶をいただく。

（領都で過ごすのは、これで最後か……）

ふと物思いにふける。

ブランジェ領で過ごした日々。

屋敷では嫌なこともたくさんあったけど、この領地で過ごした思い出は、悪いものばかりじゃない。

好きな風景。

美味《おい》しい食べ物。

いろんな記憶がよみがえる。

それに。

（アリスティ、元気しているかな）

ふと記憶に浮上する1人の名前。

アリスティ・フレアローズ。

ブランジェ家の屋敷の中で、唯一、私の味方で居続けてくれたメイドだ。

しかし私の待遇を改善するよう、しきりに母に苦情を入れた結果、鬱陶《うっとう》しがられてクビになってしまった。

以来、２年も会ってない。

だからブランジェ領を出て行く私に、心残りがあるとすれば、アリスティのことだった。

できればもう一度会いたいと思う。

しかし。

(犯罪者になった私が会いに行っても、迷惑なだけだね)

私は国外追放を宣告された人間。

濡《ぬ》れ衣《ぎぬ》とはいえ、対外的には犯罪者だ。

会わせる顔などない。

ついでにいえば、どこにいるのかも定かではない。

このまま大人しく国を去ったほうが、いさぎよいだろう。

(さて、そろそろ出ますか)

お茶を飲み干したので、立ち上がった。

店を出る。

その足で、領都の東門へと向かう。

東門を守る門兵の前を素通りして、いよいよ街を出た。

街道を歩き始める。

と、そのときだった。

「エリーヌお嬢様!!」

後方から呼びかける声がした。

私は振り向く。

駆けてくるのは1人のメイドだった。

そのメイドはまさしく、さきほど思い出していた人物。

「……アリスティ」

――アリスティ・フレアローズ。

ボブカットの黒髪と、紅い瞳《ひとみ》。

メイド服を着て、腰にはアイテムバッグを1つ提《さ》げている。

年齢は164歳。

日本を基準にすれば、とっくに死んでいるような歳《とし》だが、異世界の人間族であれば、珍しくない年齢だ。

見た目も、20代ほどの若々しさを保っている。

「お嬢様……再会できて良かったです」

立ち止まったアリスティは心底安堵《あんど》したような顔であった。

「どうして私のもとへ?」

「お嬢様が国外追放になったと聞いたら、いてもたってもいられませんでした。本当に心配いたしましたよ！」

「……そうでしたか」

2年ぶりの再会。

本当に久しぶりの再会だ。

胸に懐かしさがこみ上げる。

しかし、私は言った。

「見送りに来てくれたのは嬉《うれ》しいです。しかし、私と一緒にいるところを誰《だれ》かに見られたら、汚職の関係者だと思われるかもしれませんよ？」

アリスティは首を横に振った。

「見送りに来たわけではありませんよ」

「……どういうことですか？」

「もう一度、仕えさせていただきたくて参りました。ブランジェ家ではなく、エリーヌお嬢様のメイドとして」

私は目を見開いた。

アリスティの目は真剣だった。

しばし悩んでから、私は答える。

「……いいえ。アリスティ？　私は国外追放となる身です。何度も言いますが、私と一緒にいるとあなたに良いことはありません」

「私は汚職なんて信じていません。ディリス様にはめられたんですよね？」

「……」

「そもそもお嬢様はほとんど屋敷に軟禁状態だったはずです。汚職なんてできるわけないじゃありませんか」

アリスティの言う通り、私は母に命じられて、ここ1～2年ほどは屋敷に閉じ込められていた。

私が外に出て恥をさらさないように、というのが理由だった。

軍の仕事も、ほとんど代理の人間がやっていた。

もちろん一度も外に出られなかったわけではないが、そのわずかな外出のあいだに汚職を行うなんて無理である。

汚職があったとされるのは、直近1年ぐらいのことなのだから。

ゆえにアリスティの推測は正しい。

私は汚職に関《かか》わっていないし、母に罪をなすりつけられた身だ。

しかし。

「それでも私が犯人ということで処理されました。真実はどうあれ、世間的に私は犯罪者なのです」

「だからお嬢様を見捨てろというのですか？　私はそこまで腐ったつもりはありません」

「アリスティ……」

「お嬢様が善良なお方であることは私が一番存じております。そんな方を、見捨てられるはずがあますから！」

りません。だからどうか、もう一度、私をそばに置いてくださいませ！　必ずお嬢様を守ってみせ

アリスティが頭を下げてきた。

私は悩んだ。

私とともに来ることが、アリスティのためになるのか？

しかし、正直、アリスティが一緒に来てくれることは有難《ありがた》い。

アリスティはメイドではあるが、ただのメイドではなく、軍人メイドである。

身の回りの世話をしてくれるだけでなく、護衛としても一流なのだ。

味方としてこれほど頼もしい存在はいない。

うん……ここはお言葉に甘えよう。

何より私も、もうアリスティと離れ離れにはなりたくなかったから。

「わかりました、アリスティ。ではふたたび、私のもとで仕えてくれますか？」

「……!!　はい！」

「ありがとうございます。では、改めてよろしくお願いしますね」

「こちらこそよろしくお願いいたします、お嬢様……！」

こうしてアリスティとともに旅をすることになった。

「さっそくですが、お嬢様？　ひとつ説教をしてもよろしいでしょうか？」

「……なんですか？」

「1人で旅に出るつもりだったのですよね？　護衛もつけずに、街を出てはいけないでしょう⁉」

ああ、そのことか。

アリスティの心配はもっともだ。

一応、軍人の娘として育った私はそこそこ戦闘能力がある。

とはいえ才能がないと断じられるぐらいだ。

凡人の域を出ず、街の外を気ままに歩けるほどではない。

しかし、今回に限っては、どうやら誤解があるようだ。

私は弁解することにした。

「護衛はあとで雇うつもりでしたよ。ちょっとそこの森に用があったんです」

私は視界の右側に広がる森を指差した。

そこは魔物が生息していない森。

なので護衛ナシでも安全に散策することができるのだ。

「森……ですか。いったいどんな御用で？」

「ふふ。それは見てのお楽しみですよ」

私がにやりと笑う。

アリスティは怪訝そうに首をかしげた。

「とりあえず森に行きましょうか」

私がそう言って歩き出す。

アリスティが私の斜め後ろをついて歩いてきた。

森に入る。

明るい陽射《ひざ》しが差し込む、穏やかな森である。

聞こえてくるのは小鳥のさえずり。

緑豊かで、澄んだ空気に満ちていた。

「あ、見えてきましたね」

木々を抜ける。

現れたのは、森に囲まれた小さな草原である。

半径300メートルほどの草原。

草原の入り口で立ち止まった私は、周囲に人がいないことを確認する。

それからアリスティを振り返った。

「ここで【アイテム錬成《れんせい》】を行います」

アイテム錬成とは、錬金魔法を用いたアイテム製作のことである。

アリスティはきょとんとして尋ねてきた。

「こんな場所で錬成ですか？」

「ええ。まあ、アトリエも失いましたしね」

今さら屋敷に戻ってアトリエを使う、なんてことはできない。

私はアリスティに命じた。

「アリスティは、見張りをしていてもらえませんか？　ここは魔物がいませんが、万一、現れたりしたら厄介ですからね」

「はぁ……承知いたしました」

アリスティは困惑の色を示しつつも、素直に従ってくれる。

そして周囲の警戒を始めた。

さてと。

私はアイテムバッグからシート代わりの布を取り出す。

それを地面に敷いた。

さらに工具と素材を出して、布の上に置いていく。

準備は整った。

さあ、いよいよアイテム錬成の開始だ……！

（まず作るのは……移動手段だね）

歩いて移動するのは時間がかかる。

この世界の一般的な移動手段は馬車だ。

しかし、私は馬車など作るつもりはない。

馬車を作っても馬を買う余裕がないからだ。

ならば馬がなくても走行できる自動車を作るしかないだろう。

旅をするための自動車といえば――キャンピングカーである。

（キャンピングカーなら、車の中でアイテム錬成をすることもできるしね）

今後もどんどんいろんな道具を錬成していかなければならない。

そのためのアトリエが必要である。

旅も、生活も、アトリエも、全てのニーズに応《こた》えてくれる車。

それがキャンピングカーであった。

「というわけで……」

製作開始だ……！

前世でも車なんて作ったことはない。

しかし、作りたいものの構造をある程度把握していれば、錬金魔法がそれを補助してくれる。

前世の私は工学部生だったし、何より小さいころから、この手の製作には慣れ親しんできた。

自動車の原理や構造に関する知識は記憶してある。

問題なく作ることができるだろう。

「まずは……」

――自動車づくりに当たって、最初に必要なものは何か？

そう、設計図である。

どんなものを作るにあたっても初めに製図をしなければならない。

前世の大学でも死ぬほど図面を書かされたことを覚えている。

しかし異世界では、一から製図をする必要はない。

錬金魔法を使えば、一瞬で図面を作成することができるからだ。

頭の中に完成形のイメージがあることが前提となるが、それさえあれば製図自体は一瞬で終わるのだ。

私はすでにキャンピングカーの設計図が頭の中に出来上がっていた。

それを錬金魔法で、羊皮紙のうえに投写する。

これで製図は完了だ。

(次は材料だね……)

自動車の材料は何か？

自動車は、鉄で作られている。

アルミが使われることもよくあるが、基本はやはり鉄である。

しかし、ただの鉄ではない。

炭素を混ぜた鉄を使う。

実は、鉄に炭素を混ぜることで強度が上がることが知られている。

これを炭素鋼といい、自動車に使われるメインの素材である。

なので、まずは手持ちの鉄を炭素鋼に変えなければならない。

(でも、炭素鋼以外にもたくさん素材が必要なんですよね)

たった1台の車を作るのにも必要な部品の数は膨大である。

街で買い集めた素材だけでは自動車の部品は作れない。

しかし錬金魔法を使えば、素材を揃《そろ》えるのはそこまで難しいことではなかった。

なぜなら錬金魔法は「素材の変換」をすることができるのだ。

たとえば鉄、銅、鋼、アルミなどはそれぞれ相互変換が可能である。

つまり鉄があれば銅に変換できるし、銅があれば鉄に変換することができるということだ。

この処理を【素材変換《そざいへんかん》】という。

このように、1つの素材があれば、他の素材も手に入れることができるわけだ。

(よし、素材が揃った。ついでに、炭素鋼にも変換完了だ！)

錬金魔法の【素材変換】で、炭素鋼をはじめとしたあらゆる素材を入手する。

(でも……素材変換って、どういう原理で〝変換〟しているんだろう？)

魔法だからそういうものだ、と片付けるのは簡単だ。

しかし私は、科学の存在を思い出してしまった。

だから原理や原則について研究してみたくなるのは、逃れえぬ性分だ。

まあ、ただ、それには時間がかかるに違いない。

錬金魔法そのものについて研究するのは今後の課題として、今はアイテム錬成に集中しよう。

(さて、ここからはパーツの作成だね)

といっても素材が揃えば、あとは完成品を錬成するだけだ。

細かい作業工程は錬金魔法によってスキップできる。

サクサクとパーツを完成させていく。

3分ほどで、タイヤが完成した。

（この調子でどんどん作っていこう！）

続いてフロントガラスやリアガラスなど、車窓の作成。

ドアやボンネットの作成。

夜でも走行できるようにライトの製作。

燃料タンクやエンジン機構などの内部構造も製作（キャンピングカーの燃料となる軽油は、素材変換と錬金魔法を駆使して入手する）。

最後に水を保管しておくための清水タンクを作る。

清水タンクの中には領都で買った飲料水を入れておく。

この清水タンクは、キャンピングカーで水を利用するために必要だ。

綺麗《きれい》な水を利用したいので、浄水機も製作する。

よし、これで外装の部品は完成。

ひとまず組み立ててみることにした。

「うん、いい感じの車になりました！」

ここまで30分ほど。

立派なキャンピングカーがそこに出来上がっていた。

生活空間を広めに取りたいので、車体は長めである。

塗装がまだなので無骨な印象だが、結構いい感じじゃないだろうか？

ちなみにタイヤは、草原や山などの舗装されてないフィールドを走っても大丈夫なように、錬金魔法で強化してある。

この【魔法型《まほうがた》タイヤ】なら、尖《とが》った石を踏んでも踏み砕けるだろうし、不安定な道を走ってもタイヤがパンクしたりしないだろう。

また車のボディについても、魔物の体当たりぐらいなら耐えられるように、錬金魔法で強化しておいた。

さて……あとは内部の製作を行うだけだね。

「ん？」

ふと視線を感じて振り向く。

すると、アリスティが呆然《ぼうぜん》とした目でこちらを見つめていた。

「アリスティ？　どうかしましたか？」

「いえ、その……何を作られているのか、と思いまして」

「ああ。これはですね、馬がなくても走れる馬車……自動車ですよ」

「馬がなくても？　そんなことができるんですか？」

「ふふ、それができるんですよ。まあ馬がないといっても、人が運転しなきゃダメですけどね」

私の言葉に、アリスティは理解不能だという顔をしたままだ。

私は微笑《ほほえ》んだ。

「まあ、完成を楽しみにしていてください」
「はぁ……」
困惑顔のアリスティを横目に、私はキャンピングカー製作を再開した。
一度、キャンピングカーを分解してパーツの状態に戻す。
それから、車体内部の製作に取り掛かった。
まずはテーブルの製作。
チェアの製作。
キッチンの製作。
トイレの製作。
シャワーの製作。
「……」
夢中になって、パーツを作り続ける。
我を忘れて没頭した。
楽しすぎて、時間を忘れてしまうほどだった。
作る。
作る。
作る。
ああ、幸せだ……。

脳が良質な酸素を得て、喜びに満ちている。
やっぱり、何かを創造するって楽しい。
ずっとこの時間に浸っていたいと思うぐらい。
さて、私は勢いのままに、シャワールームを完成させた。
最後に寝台スペース。
ベッドルームに関しては、私とアリスティが寝られるぶんが必要だ。
なので、2部屋造ることにした。
最後に天窓を作成して……よーし、こんなものだろう。
それぞれのパーツを組み合わせて、完成。
キャンピングカーの出来上がりだ。
「ふう～。終わりましたぁ」
製作時間は1時間。
たった1時間でオリジナルのキャンピングカーが仕上がるとは、さすが魔法だ。
キャンピングカーの側面に立って、車体を見上げる。
最終的な外装はこうなった。
(1) 全長7メートル。胴が長い。ちょっとした小型バス。
(2) 高さは2．5メートル。
(3) ボディの色は白色。

ささて、次に内装の確認――
と。
その前に……
とりあえず試運転をしてみたいね。
なにしろ、まだ実際に動くかわからないし。
というわけで走行テスト。
事故になったら嫌なので、私自身は運転しない。
代理で運転させるためのゴーレムを製作することにする。
このゴーレムは、簡単な命令なら聞いてくれる使役ゴーレムである。
こういったゴーレムを、私は3体までなら操作することが可能だ。
今回は、運転用なので【運転《うんてん》ゴーレム】と名付けておこう。
運転ゴーレムを1体製作し、運転席に座らせる。
準備は完了だ。
「アリスティ？　完成しましたよ」
見張りを行っていたアリスティに声をかける。
アリスティはキャンピングカーに近寄って、車体を見つめた。
「これが自動車……」
「そう。旅に最適な自動車で、キャンピングカーといいます」

「キャンピングカー……ですか」

「ちょっと試運転をしてみますね。じゃあ運転ゴーレムさん、よろしくお願いします」

私は運転ゴーレムに合図を出す。

ゴーレムは小さくうなずくと、車のエンジンをかけた。

危ないので私とアリスティはキャンピングカーから一定の距離を空ける。

運転ゴーレムがアクセルを踏んだようだ。

キャンピングカーが動き出した。

「ほ、ほんとに動いてますよ！　お嬢様！」

「まだまだここからです」

運転ゴーレムがさらにアクセルを踏んだのか、どんどんスピードが上がっていく。

森に囲まれたこの草原は、決して平らな大地ではない。

しかし、キャンピングカーは問題なく走行していた。

「す、すごい……」

アリスティが感嘆していた。

「本当に馬車よりも速いですね……！」

「全力で走れば時速１００キロぐらいは出ますね」

「時速？」

「つまり、今の何倍も速く走れるということです」

「え……⁉」

アリスティが絶句する。

現段階でも馬車より数段速く移動しているのだ。

これよりまだ数倍速くなるとは想像もできないのだろう。

しかし事実だ。

まあ、半径３００メートル程度のこの草原では、時速１００キロで走るのは無理だけどね。

狭すぎるし、森に突っ込んでしまうだろう。

「問題なく走れそうですね」

キャンピングカーが草原を1周して戻ってきた。

目の前に停車する。

アリスティは感激をあらわにして言った。

「おみそれしました、お嬢様！　ここまで速さを追求した乗り物は見たことがありません！」

「確かに馬車よりは何倍も速いです。でも、これはただ速いだけの乗り物ではありませんよ」

「……？　どういうことですか？」

「実際に乗ってみればわかります。ちょうど乗り心地のテストもしたかったですし、乗車してみましょうか」

私はキャンピングカーのドアを開けた。

最初に小さな靴脱ぎ場がある。

左右30センチほどの非常に狭い土間である。

私のキャンピングカーは土足厳禁なので、ここで靴を脱ぐ。

靴はすぐ左にある靴箱へ収納する。

そして乗車した。

最初の部屋は、車内のリビングだ。

床にはマットを敷いており、さらさらした踏み心地だ。

「さ、アリスティも中へ。靴も脱いでください。脱いだ靴は左側にある靴箱へ」

「は、はい。では失礼して……」

アリスティがおそるおそる靴脱ぎ場に上がって、乗車しようとする。

しかし、すぐに動きを止めて、目を見開いた。

「な、なんですかここは⁉」

キャンピングカーの内部は、馬車の内装とは大きく違う。

壁や床材からして違う素材を使っているのだから、アリスティからすればとんでもない未来空間だろう。

私は得意げに言った。

「ふふ、すごいでしょう？　私の力作ですよ。1つずつ解説しますので、まずは中に入ってください」

「は、はい……」

靴を脱ぐアリスティ。

そして乗車した。

私はアリスティに解説を始める。

「では機能を説明させていただきます。まず運転席があそこです。その手前の部屋がトイレ、さらに手前がキッチンです」

「ちょっと……え？　トイレ？　キッチン？」

アリスティは唖然《あぜん》とする。

まさかトイレやキッチンが存在するとは思ってなかったのだろう。

私はトイレの使い方と、キッチンの使い方を説明した。

「キッチンは、まず、こっちがシンクです。こんなふうに蛇口をひねれば水が出ますよ」

実際に蛇口を回して、水を出す。

「そしてこっちはコンロ。ここを回せばこのように……火が調節できますね」

コンロのツマミを回して、弱火、強火を切り替えてみせた。

アリスティが驚きながら言った。

「と、とんでもない技術ですね」

「そうですか……？　まあ便利なのは認めますけどね」

「いえ、便利という次元では……調理場の常識が変わりますよ」

「お、大げさですね」

たかがコンロ。

たかが蛇口だ。

……いや。

今の異世界の技術では、火力を細かく調節することは不可能だ。

水も、井戸から汲《く》むのが主流。

専門の魔法使いが近くにいなければ、火や水を自在に操《あやつ》ることはできない。

そんな世界からすれば、確かに蛇口やコンロは画期的な設備かもしれない。

「ちなみに見ての通り、この調理台の下は3段の収納棚になっています。ここに食器や調理器具を収納する予定ですね」

まだ収納棚にはフライパンと鍋しか入っていない。

しかし、今後少しずつ道具を揃えていくつもりである。

「では次にいきましょう。ここがリビング。見ての通りテーブルと座席です」

テーブルを挟むように座席がある。

座席の数は4つだ。

そのうち、奥の座席2つは、壁にぴたりと接している。

ふと上を見上げれば、天井《てんじょう》に四角い天窓がついている。

足元にはゴミ箱を1つ置いてある。もちろんゴミ袋はかけた状態だ。

「座席も……すごくフカフカですね。特級品ではないですか？」

「うーん、そんなことはないですよ」

もっと上質な座席はいくらでもある。

まあ異世界の基準であれば、特別と言えるかもしれないけど。

「まあ椅子《いす》は一番よく使うものですから、こだわりはしましたね」

クッションを使ってふわふわの座席を作った。

試しに座ってみたが、座り心地は最高である。

「ちなみにここのボタンを押せば、背もたれが後ろに倒れますよ。あとここにマッサージ機能もついていて――――」

「やっぱり特級品じゃないですか！　こんな椅子見た事ないですよ⁉」

ああ。

マッサージチェアは確かに特別な仕様……

というかオーバーテクノロジーだね。

なるほど。

これは特級品かもしれない。

「で、次の部屋がシャワールームです」

「シャワールーム？」

「つまりお風呂《ふろ》ですね」

「ええ⁉　お風呂があるんですか⁉」

「まあ水浴びができるだけのスペースですけどね」

アリスティはもはや声を失っていた。
しかしどこかホッとしている様子でもあった。
もしかすると、お風呂を使えない旅を覚悟していたのかもしれない。
その予想が良い方向に外れて、歓喜しているのだろう。
さて、最後に、アリスティが使う寝室と……
私が利用する寝室を紹介した。
——全ての説明を終える。
まとめると車内の設備は、以下のように、

運転席↓トイレ↓キッチン↓テーブル・座席↓シャワールーム↓寝室↓寝室

という順番になっている。
トイレが最も運転席に近く、
私の寝室が最後尾にある、という形だ。
(改めて思うけど、キャンピングカーってとんでもない車だね)
キャンピングカーは、自動車ではある。
しかし実際は、小さなホテルみたいなものだ。
少なくとも私はそのつもりで、この車を設計した。

できあがったものを見ると、なんというか……
もうここに一生暮らしたい気分だ。
「では実際に走らせてみましょう。シートベルトをつけてください」
いまだ絶句したままのアリスティに、そう告げる。
座席に座ってもらい、シートベルトをつけさせた。
私は運転ゴーレムに指示を出して、走行を開始させる。
キャンピングカーが走り出した。
時速30キロぐらいに到達する。
ほんの1、2分ほど走ったあたりで感じたことがあった。
(結構揺れるね……)
走り始めてすぐ、キャンピングカーは上下にも横にも揺れまくりだった。
ここが草原だからだろうか?
ぶっちゃけ、これは酔う。
乗り心地は快適とは言えなかった。
(改良が必要そうかな……)
私は頭の中で、改善案をいくつか思い浮かべる。
と、そのときだった。
「素晴らしいです……お嬢様」

ほう、と感嘆のため息を漏《も》らすように、アリスティが言ってきた。

「やはりお嬢様は天才でした。こんな、こんな見事な馬車を開発されるなんて！」

馬車じゃなくて、自動車ですよ。

「この国は愚かですね。お嬢様のような逸材を、みすみす国外追放にしたのですから」

「そこはまあしょうがない気もしますけどね……」

国からすれば、私は犯罪者に過ぎない。

それが母の謀略であったとしても、他人から見れば汚職事件の犯人なのだから。

「ところで、何かわからないことはありませんか？　質問があれば答えますけど」

私が尋ねるとアリスティは答えた。

「そう……ですね。キッチン周りのことは、あとで改めて教えていただけると幸いです」

「わかりました」

「他の機能については、またわからないときにお尋ねしてもよろしいですか？」

「もちろんです。なんでも聞いてください」

そうして試運転は終了した。

走行テストは無事に済んだので、今後はこれに乗って移動することに決めた。

まずは下車する。

それからアイテムバッグにキャンピングカーを放り込んだ。

私のアイテムバッグの容量は大きいので、キャンピングカーのような巨大な物品も収納できる。

そして、いったん草原を出た。
森を抜け、街道に戻る。
街から離れたところで、アイテムバッグからふたたびキャンピングカーを取り出す。
運転ゴーレムを運転席に配置して、乗車。
いよいよ出発だ。
「では、発進！」
ゴーレムに命令を出して、街道の上を走行開始した。
こうしてついに、私たちの旅は始まったのである。

第二章

第二章

このキャンピングカーにはパワーのあるエンジンを積んでいる。
たとえきつい坂道でもラクに上れるだろう。
しかし、そういうエンジンほど音がうるさい。
いわゆるカラカラ音が車内に響いてしまうのだ。
このカラカラ音については、前世ですら遮断することが困難だった。
(でも対策はバッチリしておいた)
前世では無理でも、異世界には錬金魔法がある。
この魔法も未解明な部分が多いが、キャンピングカーの防音には非常に役立った。
最高品質の防音材を作ることに成功したのである。
おかげでカラカラ音を完全に遮断することができた。
だから車内は、少なくとも音に関しては、とても静かで快適だといえる。
(でも、やっぱり揺れがきついかな)
キャンピングカーの揺れ。
短時間の走行ならともかく、長く乗ると、確実に車酔いするだろう。

なんらかの対策を打つべきだ。

キャンピングカーを改良する案は、思いついたが、たぶん材料が足りない。

現在の【素材変換《そざいへんかん》】では手に入らない素材が必要なのだ。

なので車自体を改造するアイディアはいったん保留する。

代わりに、酔い止めの薬を作ることにした。

私はテーブルに着いて作業に取り掛かる。

「よし、完成」

酔い止めの薬を2つ作った。

1つは私のぶん。

もう1つはアリスティのぶんだ。

「酔い止めです。よかったら飲んでください」

「ありがとうございます、お嬢様」

アリスティは礼を言ってから薬を飲んだ。

私も飲む。

これでひとまず酔いの問題は安心だろう。

「さて……これからのことについて話しましょう」

居住まいを正した私はそう切り出した。

アリスティは真剣な顔になる。

私は続けて言った。

「私にとって直近の課題は3つあります」

「3つ、ですか」

「はい。1つ目はお金です」

現在の手持ちは、金貨が約20枚。

日本円にすると、たった20万円ほどしか持っていない。

ちなみにアリスティも金貨30枚しか持っていなかったので、合わせても50万円だ。

これではいずれ路銀が尽きてしまうだろう。

今後のことを考えると、お金はいくらあっても足りないのだ。

「2つ目は錬金魔法の強化です」

私の錬金魔法はまだまだ未熟。

もちろん科学的知識のおかげで、ある程度のレベルには達した。

キャンピングカーを1時間で自作できる程度には。

しかし錬金魔法の伸びしろは無限大だ。

魔法は、剣術などと同じで、鍛錬すればするほど成長していく。

なのでこれから錬金魔法を使い倒して鍛えなくてはいけない。

「3つ目は、武力です」

異世界において戦闘能力は必須。

私には戦闘技術はある。

そしてアリスティもまた超一流の軍人メイドである。

したがって現在、私たち2人は武力的にはそこそこの水準に達している。

そのへんの盗賊なら楽勝で蹴《け》散らせるだろう。

しかし、それでも不十分だ。

安全、安心な異世界生活を送るためには、圧倒的な戦力を確保する必要があるだろう。

たとえ魔王が相手でも、竜が相手でも、勇者や英雄が相手でも。

確実に蹴散らせるぐらいの武器や兵器が必要だ。

「以上の3つが必要です」

「どれもすぐに手に入るものではありませんね」

「そうかもしれません。だからとりあえず今後の方針だけ決めておきましょう」

「方針、ですか」

私はひとつうなずく。

それから説明した。

「私はこれからこのキャンピングカーの中で、とにかくアイテム錬成をしまくります」

そして大量のアイテムを作る。

「で、そうしてできたアイテムを次の街で売却して、資金を稼ぎます。同時に次の錬成のための素材も購入します」

これで錬金魔法の強化を行えるし、資金の調達もできる。

「このサイクルの中で、強力な武器や装備を錬成します。しばらくはこの流れで旅をしていきたいと思っています」

「なるほど。異論はございません」

「……ちなみに、何か意見などはありませんか？」

「そうですね……錬金魔法を多用するなら、マナポーションをたくさん買ったほうがいいと思います」

「なるほど、その通りですね！」

魔法は魔力を消費する。

魔力とは、体力の一種。

使うと疲れるし、枯渇すると動けなくなる。

なので魔法を連発したり多用したりする場合、マナポーションによる回復を行わなければならない。

アリスティの指摘はもっともだ。

（しかしポーションは、買うよりは自作したほうがいいかな）

そのほうが錬金魔法の練習にもなるからね。

アリスティはさらに尋ねてきた。

「あと、これは意見ではなく確認ですが、行き先は決まっておられるのですか？」

「行き先というと、どこの国に行くか、ということですか？」

「はい」

「カラミア公国へ行くつもりです。まあ、そこへ行け、と通告されていますので」

実は、今回の国外追放にはいろいろと決まりがある。

まず、半月という期限。

半月以内に国を出ろ、ということだ。

そして行き先。

これは今述べた通り、カラミア公国と決まっている。

ブランジェ領↓辺境伯領↓カラミア公国
という経路での移動命令だ。

まあ、どのみちブランジェ領からすぐに行けるのはカラミア公国しかない。

わざわざ『公国に行け』と通告されなくても、行くつもりではあった。

「ただカラミア公国は、ランヴェル帝国とつながりが深いです。それを考えると、公国に定住するかどうかは決めかねていますね」

私はそう述べた。

公国には帝国の息がかかった者が多い。

だから私は、公国を素通りして、さらに向こう側の国へ行くことも視野に入れていた。

「なるほど。把握いたしました」

アリスティはそう告げた。

続けて言った。

「では最後になりますが……メイドである私に、何か仕事をお与えください」

「え？　うーん、そうですね……」

私は悩んだ。

ややあってから、答える。

「私はアイテム錬成に集中したいので、それ以外のことは全面的に任せたいと思いますが、よろしいですか？」

「かしこまりました」

アリスティはそう答えた。

話は終わったので、さっそく私はアイテム錬成の作業に入った。

まずはポーションを作り始める。

ポーションの原理は不明な部分が多い。

そして錬金魔法は、原理を知らないものほど生産が遅くなる性質がある。

だからポーションを1本作るには時間はかかる。

低ランクのものですら2時間も必要なのだ。

(キャンピングカーを1時間で作ったことを考えれば、有り得ない遅さだよね)

もっと高速化ができるはずだ。

というわけで……。

私はポーションについて考察してみることにした。

原理はどうせ考えてもわからない。

だからポーションというアイテムについて、科学的知識からまとめてみることにする。

具体的には、ポーションが水溶液であり化学薬品であると仮定したうえで、知識を整理することにした。

その考察を始めて30分。

だいたいの整理ができた結果……。

私はポーションを30秒程度で作れるようになっていた。

(まあこんなものでしょうか。欲を言えば10秒以内で作れるようになりたいですが)

考察を深めればもっと早く作れるようになるだろう。

それは今後の課題として……

ひとまず、私は魔草を素材に【低級《ていきゅう》マナポーション】を作った。

さしあたって20本ほど。

キャンピングカー製作で多少疲れていたので、さっそく低級マナポーションを2本飲んで魔力を回復した。

(回復ポーションも作っておいたほうがいいね)

というわけで薬草を素材にして【低級ポーション】も20本製作する。

さらに低級ポーション3本を素材にして【中級《ちゅうきゅう》ポーション】を製作。

最終的には低級ポーションが11本。

中級ポーションが3本となった。
一定以上の怪我《けが》は、中級ポーションで回復したほうがいい。
できれば上級ポーションもあれば安心だけど……
今の素材と知識では作れなさそうなので諦《あきら》めた。
いずれ作りたいとは思うけどね。
(よーし、この調子でジャンジャン作っていくよ!)
私はアイテム錬成に没頭しながら、キャンピングカーで街道を移動する。
なお運転は引き続きゴーレムに任せる。

——3時間後。

私たちは村に到着した。
トク村である。
領都から一番近くにある村だ。
キャンピングカーが見つからないように、村の手前にある森のそばに駐車する。
近くにはほろほろと小川が流れている。
車を降りたアリスティが、遠くに見える村を眺めながら驚愕《きょうがく》していた。
「まさか……こんなに早くトク村に到着するなんて」
まあ、馬車なら1日はかかるからね。
昼に出発して夕方に到着するなんて、この世界の常識からは考えられない速度だろう。

「お嬢様が製作なされたキャンピングカーは、まさに規格外の乗り物ですね。これが普及すれば、時代が変わりますよ」

「……まあ普及させるつもりはないですけどね」

というか、無理だ。

馬車から現代自動車までには大きな隔たりがある。

前提となる科学的知識が普及しないと、自動車の製作は難しいだろう。

「それではアリスティ。トク村へ、錬成したアイテムの売却と、素材の買い出しに行ってもらってもよろしいですか？」

「……できればお嬢様のそばを離れたくないのですが」

「心配しないでください。いざとなったら戦闘用のゴーレムを2体創造できますから」

私の戦闘ゴーレムは、そこらの盗賊ぐらいなら蹴散らせる強さはある。

さすがに手練れが相手となると厳しいが、最低限の護衛をするには十分だ。

「それと何かあったときは、この警報器で爆音を鳴らします。これが聞こえたら助けにきてください」

さっき錬成しておいた警報器を示唆する。

この警報器の本来の用途は別にある。

これはゴーレムが運転中に異変を感知したとき、車内のリビングや寝室にいる私たちへ、知らせるための連絡装置なのだ。

しかし、オーディオの出力を最大に設定すれば、爆音を鳴らすという使い方も可能である。

それこそ耳が壊れるぐらい強烈な爆音を。

（ん……耳が壊れる……？）

私はそのとき武器開発のヒントを得た。

もしかすると安価で強力な兵器を製作することができるかもしれない……と思った。

まあ、それはともかく。

「これが買ってきてほしい素材のメモです。それではよろしくお願いします」

「はあ、わかりました」

メモを受け取るアリスティ。

それから彼女は、売却用のアイテムをアイテムバッグへと入れていく。

全《すべ》て持ったことを確認したアリスティは村へと歩き出した。

私はその背中を見送ってから、ぽつりとつぶやいた。

「さて……私はちょっと休憩しましょうか」

ずっと作業していたので疲れてしまった。

アリスティが戻ってくるまでのあいだ、しばらく休ませてもらうとしよう。

＜アリスティ視点＞
トク村は、人口４００人ほどが住む、静かな村だ。
道具屋、

雑貨屋、
冒険者ギルド、
酒場、
など、いくつか店や施設も存在する。
アリスティはアイテムを売却するため、ひとまず道具屋を訪れることにした。
エリーヌが錬成したアイテムは、大量だった。
恐るべき製作速度で次々と量産したため、その数はなんと200以上もある。
まあ、ほとんどはポーション類だが。
それでも、わずか数時間程度で作ったにしては異常な量だ。
全て売却できれば、それなりの資金になることは予想できた。
「すみません。アイテムの売却をお願いしたいのですが」
道具屋の店主に声をかける。
そうしてアイテムバッグから、錬成したアイテムを取り出した。
回復ポーション、解毒ポーション、スタミナポーション。
また村で販売することを想定し、農具も多数あった。
道具屋の店主が1つずつそれらを検品していく。
「では、買取料金はこちらで」
店主からは金貨30枚をいただけた。

さらに他の店も巡り、全て売却していく。

結果、9割以上のアイテムを売却できた。

総額、金貨80枚を獲得することができた。

ここから、もう一度道具屋に行って素材を購入することにする。

「お客さん、また来られたのですかな？」

道具屋の店主が声をかけてきた。

「はい。素材を購入したいと思いまして」

「へえ、どの素材でしょう？」

「ええとですね……」

カネに糸目はつけなくていい、というのがエリーヌの仰せである。

なので値段を気にせず、アリスティは次々と欲しいものを指定していった。

「こちらと、こちらと、こちらの素材……ああ、こちらも。これらも全部欲しいですね。それから――」

どんどん指定していく。

道具屋の店主は焦《あせ》ったように呼び止めた。

「ちょ、ちょっと待ってください。いったいいくつ購入するつもりですかな？」

「おそらく、この店の商品は3割ほど買うことになるかと」

村の店だ。

品揃《ぞろ》えは豊富ではない。

だから買えるだけ買うことになるだろう。

店主は脱帽し、それから肩をすくめた。

「さすが、お貴族様は違いますな」

「貴族……」

「あなたはメイドでしょう？　主《あるじ》のおつかいで参られたのでは？」

「ええ、まあ」

努めて平然と答えつつ、アリスティは身構える。

ここはまだブランジェ領内だ。

国外追放となったエリーヌのことは、領民にもよく知られている。

もしアリスティがエリーヌのおつかいで来たと知られたら、商品を売ってもらえない可能性もある。

犯罪者であれ儲《もう》けになるなら売ってくれる商人もいるが、犯罪者なんかには売りたくないという場合もあるからだ。

「たくさん買っていただけるのは有難《ありがた》いことです」

アリスティの懸念を悟られることはなく、会計を済ませることができた。

そのとき、店主は言った。

「そうだ、少しサービスさせていただきましょう。こちらの魔石ですが、無料で贈呈させていただきますよ」

店主はカウンター奥の戸棚から魔石を取り出す。

ピンク色の光を秘めた魔石であった。

「魔石……ですか」

「ええ。まあ、売れ残りではあるのですが、そこそこ貴重な魔石だとは存じます」

「なんという魔石ですか？」

「大ハルピュイアの魔石ですよ」

大ハルピュイア。

ハルピュイアの上位種だ。

Cランクモンスターとして知られている。

その魔石となると、確かに貴重品だ。

「なるほど。サービスしていただけるというのであれば、お言葉に甘えて頂戴します。店主、お名前は？」

アリスティは魔石を受け取りつつ、尋ねた。

「私はロニーと申します」

「そうですか、ロニー様。あなたのご厚意は、わが主にしかと伝えておきます」

「ええ、ええ。今後ともごひいきにと、申し伝えてください」

悪いが、それは難しい。

エリーヌは今後、国を出ることになる。

この村には二度と訪れることはないかもしれない。
もちろん、それを口に出すことはなく。
アリスティは一礼をしてから店をあとにした。
それから他の店を巡って素材や食材を買い集める。
買い出しを終えたので、キャンピングカーに戻ってくる。
そのころにはすっかり日が暮れていた。
辺りは真っ暗だ。
しかし、キャンピングカーのドアを開けると、明るい光が漏《も》れた。
火やたいまつ……ではない。
なんでも、電気という照明を点《つ》けたり消したりできるそうだ。
この明るい光こそが、電気なのだろうか。
「おかえりなさい、アリスティ」
「ただいま戻りました。お嬢様」
挨拶《あいさつ》をしてから、キッチンで料理を行う。
コンロなる設備の使い方は教わった。
テキパキと料理を作っていく。
鶏肉料理と野菜のスープを作る。
そこにパンと果物を加えて、夕食だ。

「アリスティも食べてください」

「いえ、私は従者なので、後で食べさせていただきます」

「ダメです。これは命令です。一緒に食べましょう」

本来、主とメイドがともに食卓に着くことは許されない。

しかし命令と言われては、断るわけにはいかない。

テーブルに着いて、エリーヌと2人で食事を取る。

食事が終わる。

食器の片付けをした。

そしてシャワールームに入って水浴びを行った。

シャワーはなんと温水だった。

どういう原理でそうなっているのか？

専門の魔法使いがいなければ、水温の調節はできないはずなのに……

ただ、さらさらと雨のように降《ふ》り注《そそ》ぐ温水は、たとえようもなく心地良かった。

シャンプーなる石鹸剤も、素晴らしい代物だった。

さて、シャワーを浴びたあとは、就寝の準備。

「見張りはゴーレムに任せて……と」

エリーヌがゴーレムを創造した。

車外に1体。

車内に1体。
見張りとして配置する。
「では、おやすみなさい。アリスティ」
「はい。おやすみなさい、お嬢様」
エリーヌが最後部の部屋に入っていくのを見届ける。
アリスティも寝台に入った。
備え付けのベッドではあった。
しかし恐ろしく柔らかい。
最高品質のシーツであることは理解できた。
電気を消して、横たわる。
暗闇《くらやみ》の中で、アリスティは考える。
(キャンピングカー……とてつもない技術ですね)
アリスティはまだ、1日乗っただけではある。
だが、その1日だけでどれだけ驚かされたかわからない。
もはや驚き疲れてしまったほどだ。
(もっともお嬢様自身は、乗り心地が悪いと言っておられましたが)
なんでも、揺れが激しいとか。
こんなに揺れるとお菓子や料理が食べられない、お茶もこぼれてしまうだとか。

……確かに、その通りかもしれない。

しかし、そこを加味しても驚異的な乗り物であることは間違いないだろう。

馬車などは、キャンピングカーの足元にもおよばない。

そもそもキッチンがあり。

トイレがあり。

浴室もあるのだ。

……有り得ない技術である。

もはや馬車というより、小型の家といったほうがいいかもしれない。

移動式の家屋。

しかもそれは、馬車より何倍も速いのだ。

もし他の貴族がキャンピングカーの存在を知れば、言い値で購入したいと申し出てくるだろう。

(お嬢様が、これほどの技術力を有していたとは……)

アリスティの記憶にあるエリーヌは、残念ながら、才能豊かな女性ではなかった。

努力家ではあった。

しかし、平凡と評されても仕方ない部分があった。

でも――アリスティがブランジェ家を追放されて2年。

そのあいだに、エリーヌは才能を開花させたのかもしれない。

たった2年でここまで成長するとは信じがたい話だ。

しかし、実際に目の当《ま》たり《あ》にしたのだから信じるしかない。

目の前で起こった現象を否定するほど、アリスティは愚かではない。

（もっと早く、その力をお示しになっていれば、きっと国外追放になどならなかったのに）

どうしてもそう思わずにはいられない。

エリーヌ・ブランジェは、紛うことなき天才だ。

その実力を皆が知っていれば。

いや、ディリス様は知らなかったのだろうか？

あるいは、お嬢様が真の実力を隠していた？

……わからない。

ただ、ひとつだけ言えることは、もう国外追放は覆らないということだ。

今更ごねたとしても無意味だし、最悪、このキャンピングカーを体よく没収されるかもしれない。

そんなことは決してあってはならない話だ。

（ただ、お嬢様はきっと、どこでだってやっていける）

それだけは希望だった。

これだけの技術力があれば、追放された先でも、安定した暮らしを獲得できるだろう。

ならばアリスティにできることは、おそばで支え続けることだけだ。

アリスティは１６４歳。

その人生のうち、50年以上を軍人として生きてきた。

戦争経験は19回。
一流と称される戦闘能力の全ては、エリーヌのために振るうと決めていた。
（今日は疲れました。そろそろ休みましょう）
アリスティは目を閉じる。
すぐに睡魔が訪れ、眠りの園へといざなわれた。

＜エリーヌ視点＞
キャンピングカーの寝室で目覚める。
私はベッドで上体を起こし、大きく伸びをした。
ここはキャンピングカーの最後部。
視界の左側には車の後窓があるのだが、今はカーテンが閉まっている。
そのカーテンを開いて、外の景色を眺めた。
森と草原。
ほの暗い早朝。
しかしちょうど太陽が昇り始め、地上を照らし始めていた。
それはとても美しく、私は見惚《みと》れてしまった。
「綺麗《きれい》……」
ふと森から3匹の魔物がのそのそと現れていた。

攻撃性の低い種として知られる、ヤギ型の魔物である。
異世界の魔物。
そう、ここは異世界だ。
私は転生して、この世界にやってきた。
19年間、エリーヌとして生きてきた。
改めてそのことをしみじみと実感する。
(私は前世で死んだ。だから日本に帰ることはない)
死んだ者が生き返ることはない。
それはこの異世界においても絶対の不文律だ。
私は……この世界で生きていくんだ。
今までも、これからも。
「さて……朝食にしよう」
起き上がって、私は寝室を出た。
朝食を食べたあと、もう一度村に行く。
トク村ではこの日、朝市が開催されることが知られていた。
朝市にはいろいろな商品が販売される。
主に食料品がね。
なので、アリスティに頼んで買ってきてもらうことにした。

結果、野菜を中心にいろいろ食材を手に入れることができた。
今日の食事として使わせてもらおう。
さて……キャンピングカーを発進する。
運転は全てゴーレムに任せる。
そうして私は座席に着いた。
街道を走り始めるキャンピングカー。
やがて30分ほど走ったあたりで、私たちはとある湖に辿《たど》り着いた。
山と森に囲まれた湖。
人里離れた場所にあるため、周囲に人の気配はない。
ただ、この湖には人が住んでいる。
人魚である。
私は、その人魚に会いに来た。
「ユリシェ、いますか?」
呼びかける。
しばらくすると、湖から人影が浮かび上がってくる。
浮かび上がってきたのは、私の友人の人魚……ユリシェである。
彼女とは、5年ほど前にたまたまこの湖で遭遇し、以来、友人となった。
「実は、いろいろあって国を出ることになりました」

私は、自分の事情をユリシェに話した。

ユリシェは無口である。

何も言わず、ただ私の話を聞いてくれた。

全てを話し終えたあと、ユリシェがぽつりと尋ねてくる。

「……もう会えない？」

「わかりません。でも……そうですね。いつかまた会いに来ますよ」

今はそう言うしかない。

ユリシェはしばし黙考してから、小さくうなずいた。

「……待ってる」

私の心に寂《さび》しさが込み上げる。

それを振り切って、ひとつ、尋ねた。

「あの……お願いがあるんですが」

「……なに？」

「給水してもいいですか？」

「……給水？」

――キャンピングカーでは水を使う。

シャワーやトイレなどにおいてだ。

これらの水は車の中から無限に湧《わ》き出《で》てくるわけではない。

清水タンクにあらかじめ補充しておいた水を利用しているのだ。
水はもちろん、使えば、なくなっていく。
そして昨日、シャワーやトイレを利用したことで、水が尽きかけていた。
なくなってきたら補給しなければならない。
だから給水だ。
「えーと、つまり、湖の水を分けてほしい、ということです」
「……うん。いいよ」
了解が得られたので、さっそくゴーレムを創造した。
ゴーレムに命じて、給水を行わせる。
ゴーレムは給水ホースを湖に浸す。
ぐんぐんホースで水を汲《く》んでいく。
……。
……ちなみに。
清水タンクは雑菌が繁殖しやすい。
なのでキャンピングカーの水道水は飲まないほうがいいとされる。
もし水を利用したい場合は、浄水をして、水を綺麗にしておかなくてはいけない。
だから私は、浄水機を、キッチン、シャワー、トイレなど全ての水場に設置している。
車内の水道を通ってきた水は、それらの浄水設備を通して必ずクリーンになるわけだ。

まあ雑菌の入った水でシャワーなんて浴びたくないし、そういう水も飲みたくないからね。

浄水処理をした澄んだ水を利用する。

それが私のキャンピングカーだ。

「よし、こんなものですかね。ありがとうございました、ユリシェ」

全ての作業が完了したので、ユリシェに礼を言う。

「……うん。またね」

ユリシェがそう告げて、湖の中に潜っていく。

私はしばし湖を眺める。

ややあってから、キャンピングカーへと戻った。

キャンピングカーをふたたび走らせる。

人魚の湖から街道に戻る。

リビングのテーブルの対面にアリスティが座る。

少し経《た》ってから、私たちがお茶を飲んでいたとき。

ふいに警報器が鳴った。

この警報器は、運転ゴーレムが、私たちに異変を報《しら》せるためのものだ。

私は運転席に向かって、フロントガラスの向こうを見る。

ウルフである。

見える範囲で4体ほど。

どうやら魔物に囲まれているようだ。

「アリスティ。魔物が出てきたようです」

「魔物ですか」

「はい。ウルフの群れがキャンピングカーを取り囲んでいます」

言いつつ、私は一瞬、このままウルフを無視して突き進んでもいいのではないか、とも考えた。

でも、すぐに思い直す。

無茶をして、キャンピングカーが壊れたら面倒だ。

それに……

「ちょうど昼食を作ろうかと思っていたところです。ウルフ肉、ゲットしちゃいましょう」

ウルフ肉は柔らかくて食べやすく、ほどよく旨味《うまみ》もあって美味《おい》しいのだ。

ランチにはもってこいだろう。

「というわけでアリスティ、お願いできますか?」

「承知しました。ただちに片付けてきます」

「はい。ついでに解体もしてもらえると助かります」

「承知しました」

アリスティは返事をしてから、キャンピングカーを降りていった。

(さて……私は今のうちに防腐剤を作っておきましょうか)

昨日から食料の保存については考えていた。

アイテムバッグに入れても食料は時間とともに鮮度が落ちていく。
それを防ぐために、この世界には【防腐魔法《ぼうふまほう》】がある。
しかし防腐魔法は、誰《だれ》でも使える魔法ではない。
だから私は、防腐魔法の代替として【防腐剤《ぼうふざい》】を作ろうと考えた。
(まあ1分もあれば作れますね)
理論は頭の中にあった。
ゆえに製作を開始する。
「できました!」
ちょうど1分。
ウルフ10体ぐらいまでなら防腐できる防腐剤を完成させた。
ただの防腐剤ではなく、30日ほどは一切《いっさい》腐らなくできる優れものだ。
名付けて【魔法防腐剤《まほうぼうふざい》】と呼んでおこう。
「さて……アリスティはウルフを倒せたかな?」
キャンピングカーの外を確認してみる。
アリスティはとっくにウルフを全滅させていた。
そして解体処理も終わったところのようだ。
さすが軍人メイド。
速いね。

まあ、アリスティは高度な解体技術を持っているから、解体処理が爆速なんだよね。

「お嬢様、終わりました」

「はい。では、まず防腐剤をかけますので少々お待ちください」

私は倒されたウルフたちに防腐剤をかけていった。

そんな私の行動に、アリスティが首をかしげる。

「それは何をしているのですか？」

「防腐魔法と同じ効果を持った薬をかけてます。肉を30日ほど腐らないようにできるんです。アリスティが戦っているあいだに開発しました」

「はぁ。サラッとおっしゃいますけど、とんでもない発明ですよねソレ……」

そうかな？

まあ、そうかも。

防腐魔法を使わない保存方法といえば、塩漬けとか燻製《くんせい》だもんね。

それらは30日も保《も》たないし、元の味を保てるわけでもない。

「……さ、終わりました。ウルフをアイテムバッグに詰められるだけ詰めていきましょう」

「了解です」

私とアリスティは手分けしてウルフの肉と死体をアイテムバッグに詰めていく。

回収作業が終わったあと、キャンピングカーを走らせて、ウルフと戦った場所から少し離れたところで駐車。

そこで昼食を作ることにする。

ふと、前世料理を食べてみたくなった。

よーし。

ハンバーグを作っちゃおう。

「アリスティ。今日のお昼は私が作ります」

「え？　お嬢様が？」

「はい。食べたいものがありまして」

「申し付けていただければ、私が作りますよ？」

「いえ……私だけが知ってる料理なので」

そう告げてから、私は車内のキッチン前に立つ。

と、その前に……。

（調味料を作らないと）

ハンバーグといえばデミグラスソース。

これをまず作らないといけないが……。

（錬金魔法で作れないかな？）

料理は錬金魔法で一瞬で作るのは無理なようだ。

しかし、調味料ならば可能なのではないか？

そう思って私は、錬金魔法を使って調味料を作ってみることにした。

デミグラスソースには、トマトケチャップやウスターソースが必要だ。

これをまず作りたいところだが……

(おお、できるじゃん！)

トマトや玉ねぎなどを使ってトマトケチャップが完成した。

同様に、野菜や香辛料を使ってウスターソースが完成する。

できあがった2つの調味料を使いつつ、さらに食材を加えてデミグラスソースを完成させた。

(素材さえあれば、錬金魔法でタレやソースは簡単に作れそうだね)

と、私は頭の中にインプットした。

よし、じゃあ後はハンバーグを作るだけだ。

ウルフ肉を調理していく。

ハンバーグは前世で散々作ったことのある料理だ。

手間取ったりはしない。

サクサクと手際よく、肉をこねこねして調理を行っていく。

最後にフライパンで焼く。

出来上がったハンバーグを皿に移したあと、デミグラスソースをかけて完成だ！

あとは野菜を刻んで、ハンバーグに添える。

「できました！」

キャンピングカーのリビングへとハンバーグを盆に載せて持っていく。

テーブルの上に置くと、席に着いていたアリスティは尋ねてきた。

「これは……？」

「ハンバーグです。冷めないうちに頂きましょう」

私も席に着く。

そして、まずはひとくち食べてみる。

（……‼）

これは。

美味しい。

いや、本当に美味しい。

ウルフ肉がハンバーグに合うのだろうか、というのは心配だったけど、杞憂《きゆう》だったようだ。

しっかりと厚みのある良質なハンバーグ。それでいて程よく柔らかい。

歯でかみ締めると肉からぎゅっと肉汁が染み出してくる。

その旨味のすさまじさときたら……たまらないものがある。

そしてデミグラスソース。

ハンバーグから染み出した肉汁とデミグラスソースが絡《から》み合《あ》うと、さらに上質の旨味だ。

自然と笑みがこぼれてしまうほど、素晴らしい味である。

（ウルフ肉でハンバーグを作ったのは正解だったよ。これは高級店に出せるレベルだね）

私がそんなふうに感動していると。

アリスティもハンバーグを食べ始めた。

すると、すぐにアリスティは目を見開く。

「な、なんですかこれ……」

アリスティが、驚きを込めて言った。

「お、美味しいです！　というか、美味しすぎます！　ちょっと待ってください、これ本当にお嬢様が作ったんですか⁉」

「そうですよ。というか料理してるとこ、横で見てたでしょう」

「いや、ですが……っ、私の作る料理より美味しいじゃないですか⁉　メイドとして立つ瀬がありませんよ……」

「ん……それはどうでしょう？　レシピを学んだら、アリスティのほうが上手《うま》く作れると思いますけど」

「レシピを教えてもらえるんですか⁉」

アリスティが全力で食いついてきた。

「もちろんそのつもりですよ。今後、食べたいと思ったときに作ってもらいたいですからね」

「作ります！　是非この料理の作り方を教えてください！」

アリスティが嬉《うれ》しそうにそう述べる。

軍人としてだけでなく、メイドとしても上を目指したいという向上心の高さがうかがえる。

私は苦笑しながら言った。

「でもまあ、まずは国を出ないといけませんからね。教えるのはそのあとでもいいですか？」

別にハンバーグの作り方を教える時間ぐらいは取れるが、今は他にやるべきことがあるからね。

たとえばキャンピングカーの武装を強化したりだとか。

そういう諸々《もろもろ》の作業が落ち着いてから、ゆっくりとアリスティに前世の料理を覚えていってもらいたいと思う。

「はい。では楽しみにしています！」

アリスティはそう答えてから、ハンバーグの残りを食べ始めた。

そうして私たちはランチを満喫した。

――さて、食事が終わった後、キャンピングカーを再度発進させる。

同時に、錬金魔法の作業を開始した。

すぐにでも作っておきたいのは、強力な兵器。

着想は既に得ている。

昨日、警報器の爆音について話したときだ。

耳を壊すほどの爆音を鳴らす……といった情報から、ひらめきのヒントを得た。

つまり、私が作ろうとしているのは、音響兵器だ。

――音響兵器。

それは音を使った攻撃兵器である。

敵に音波と呼ばれる音の波を照射することで、鼓膜を破り、三半規管を揺さぶり、脳すらも破壊する。
私がこの兵器に注目した理由は2つある。
（素材があまり要らないこと。それから、安いこと……ですね）
前世の音響兵器がどうだったかは知らない。
しかし少なくとも、錬金魔法を用いれば、低コストで生産できる兵器である。
必要なのは『金属』と『音』を錬金魔法で加工する技術だけだからだ。
（一応、音についても勉強しておいてよかった）
前世では分野を問わず、あらゆる学問に関する専門書を読んでいた。
音の分野に関しては、音響学・音響工学などの知識が役立つだろう。
それらを念頭に置きつつ、私はアイテム錬成を開始する。
「装置の骨子は……指向性は……音圧と……ぶつぶつ、ぶつぶつ……」
頭の中で案をまとめる。
そうして案が完成したところで、さっそく作業を始める。
30分後。
音響兵器が完成した。
「できました……」
理論上、完璧《かんぺき》な音響兵器である。
さっそくテストしたいところだが、その前に……

（音波を無効化するアクセサリーを作らないといけませんね）

この音響兵器は特定の方向に音が飛んでいくわけではない。

全方位に音波が発射されるのだ。

だから、このまま使ったら、敵だけでなく自分も味方も照射されてしまう。

それを防ぐために、音波無効のアクセサリーを作らなくてはいけない。

（そんなに難しくはないはず……）

音波とは、音の波である。

ある方向に進む「波」は、逆方向から同じ「波」をぶつけられると、打ち消し合う性質を持っている。

いわゆる『弱め合い』という現象だ。

この原理を念頭に置けば、音波攻撃を無効化する装備を作れるはずだ。

……30分後。

狙《ねら》い通り、2つのアクセサリー……【音波無効《おんぱむこう》のネックレス】が完成した。

「アリスティ。これを受け取ってください」

「これはなんでしょう?」

首をかしげるアリスティに、私はまず、音波兵器の説明を行った。

その上で告げる。

「その音波を無効化するためのアクセサリーがこれです」

説明を聞いて、アリスティは絶句していた。

私がせっせとこしらえていたものが、とんでもない対人兵器であると気づいたためだ。

「それじゃあテストしたいので、いったん車を止めますね」

私はゴーレムに指示を出して、駐車する。

下車すると、そこは、だだっ広い草原だった。

周囲には誰もいない。

好都合である。

私とアリスティがネックレスをつける。

そうして、十分に安全を確認してから、音響兵器を使ってみた。

キィイイイン……ッ‼

爆音や轟音《ごうおん》とは違う、まるでハウリングのような音の波動が兵器から放たれる。

空気のゆらぎが目視でも見えるほどの音の振動。

(どうやら成功したみたい)

音波はちゃんと作動した。

さらに、それをネックレスが無効化してくれている。

一応、本当に敵に通用するのかということを確かめるため、魔物にも使ってみることにした。

魔物を探し、ウルフを発見したあと、音響兵器を食らわせてみる。

結果、見事に一撃で気絶へと追い込むことができた。

これで兵器とアクセサリーのテストは終了だ。

なお、倒したウルフはアリスティに解体してもらい、肉にしてもらうことにする。

「お嬢様は……とんでもない兵器を生み出してしまいましたね」

アリスティが感想を述べた。

私は言う。

「魔物や盗賊への対策……という目的もありますが、それ以上に厳しい戦いが目前に迫っていますから」

「それは……」

「はい。刺客との戦いです」

私はそう答えた。

刺客との戦いに備える……

そう述べた私の言葉に、アリスティはさしたる驚きを見せなかった。

アリスティもまた、薄々、予見していたに違いない。

——汚職事件の罪をなすりつけられた私。

しかし果たして私は、国外追放だけで許されるだろうか？

母が、それを許すだろうか？

否《いな》。

母こそが汚職事件の真犯人だと知っている私を国外に逃がすわけがない。

口封じのために殺しに来るだろう。

刺客を放って。

「いきなり刺客が襲ってくるとは思いません。殺すだけなら屋敷でもできたでしょうが、そうはしなかったわけですし……きっと母上も、場所やタイミングを計っています」

私はそう推定した。

もし母が、私を殺したいだけなら、屋敷にいたときに抹殺している。

ブランジェ家の屋敷は母の支配下にあるし、その気になれば、私を暗殺するのは容易だっただろう。

しかし、屋敷で事に及ぶのはリスクが大きい。

私が突然死んだり行方《ゆくえ》不明になったりしたら、間違いなく母上に疑いの目が向けられるだろうから。

ゆえに、母上は、私を屋敷の外で暗殺しようと考えたはずだ。

私は続けて述べた。

「おそらく待ち伏せされているでしょうね」

刺客が待ち伏せするとしたら、それはどこか？

おおむね予想はついている。

私は、国外追放となった身。半月以内に国を出なければならない。

しかもカラミア公国に行くことが国から命じられている。

そうなると、移動ルートが限定されるのだ。

そして、その限られた移動経路の中で、必ず通らなければならない場所がある。

【アネットの森《もり》】である。

もし刺客が待ち伏せを行うとしたら、間違いなくアネットの森を選ぶだろう。

――――私は、以上の説明をアリスティに行《おこな》った。

アリスティは言った。

「私も、待ち伏せはアネットの森で行われると思います。それから刺客はきっと――――」

「兄上、ですね」

刺客として出てくるのは、おそらく私の兄フレッドである。

この手の仕事はフレッドの得意分野であるし、何より彼は、私のことが嫌いである。

必ず殺しに来ると、容易に想像できた。

「フレッド様が相手となると、苦戦は必至ですね」

アリスティが険しい顔でそう述べた。

フレッドは私とは真逆の人物だ。

その才能を認められて、ブランジェ家の次期当主に選ばれた貴族。

私から見ても、彼は怪物である。

まともに戦ったら厳しい相手なのは事実だ。

アリスティが尋ねてきた。

「戦わなくても済む方法はないでしょうか？　たとえば、このキャンピングカーの移動速度なら、アネットの森を迂回《うかい》しても、半月以内の国外退去に間に合うのではないですか？」

私もそれは考えた。

確かに期日以内の退去だけなら可能だろう。

だが……

「アネットの森を迂回するとなると、北のネイス領や、南のホーク領に立ち入ることになります。犯罪者である私が、他の領地に〝寄り道〟することは認められないでしょう」

大罪人が、目的地に向かわず別の方向に向かって移動する——

不審な行動だと思われるだろう。

最悪、処刑されても文句は言えない行為だ。

現在の私が他領に踏み入っても許されるのは、移動経路にある東の辺境伯領だけである。

「残念ながら、フレッドとは戦うしかないと思います。だからこそ、兵器の開発を行っているんですよ」

私は、フレッドを殺すつもりだ。

もし彼が私と敵対しないならば、無視するつもりだけど……そんな未来はきっとないだろう。

必ず戦うことになる。

だから、殺す。

殺すことに、ためらいはない。

ブランジェ家の英才教育の過程で、私はすでに人を殺している。

軍人の家系ゆえに、人殺しの訓練も行ってきたのだ。

まあ殺した相手は盗賊とか犯罪者であって、善良な一般市民を手にかけたことはないけどね。

しかし、殺しの経験があるということは、覚悟が決まっているということだ。

この異世界は、殺さなければ殺される残酷な世界。

それをエリーヌ・ブランジェはよくわきまえている。

だから、私は、人を殺すことができる。

たとえ血を分けた兄であっても、だ。

——私たちは音響兵器を回収してキャンピングカーに戻った。

ふたたび発進する。

草原の街道をキャンピングカーが進む。

そのあいだに私は、さらなる武器としてショットガンを製作した。

20分ほどで完成したので、ふたたび実践テスト。

射撃は無事に成功する。

(ショットガンは魔物との戦いでも役に立ちそうですね)

ショットガンは使い勝手が良い銃だ。

拳銃やライフルと違って、素人でもそこそこ当てられるからだ。

今後使っていこう。

キャンピングカーに戻る。

しばらく草原を走行する。

やがて草原を抜けると、森に差しかかった。
いよいよアネットの森である。
森には街道が敷かれており、馬車が2台ほど通ることができる。
キャンピングカーも通行可能だ。
（この森を抜ければ、アネットの街に到着する……けど）
アネットの街に行けば豊富な素材も手に入る。
商人がそれなりにいるだろうから、アイテムを売却して資金調達するのもいいだろう。
しかし……問題は、街に辿り着けるかどうかだ。
私はこの森にフレッドが待ち構えている……と考えている。
そして、そうであるなら、既にこちらの存在を捕捉しているだろう。
フレッドは探知魔法を使えるからだ。
（いつ戦闘が始まってもいいように、準備しておかないと）
そう思い、私はショットガンに弾を装塡したり、音響兵器の最終点検を行った。
そして。
「……！」
森を30分ほど進んだとき。
ふいに停車する。
警報器がピコピコと音を鳴らした。

運転ゴーレムが異変を察知したのだ。
私は前部座席に行って、フロントガラスの先に広がる景色を見つめた。
そこはアネットの森の中心部にある円形広場。
【アネット森林広場《しんりんひろば》】と呼ばれている場所だ。
森の途中で、馬車が休憩するための広場である。
その広場に、ずらりと並ぶフード姿の男女がいた。
全部で20～30人ぐらいか。
その集団の先頭に立つのは……
やはり、私たちが予期していた存在。
兄、フレッドである。
フロントガラス越しに目が合ってしまった。
「降りてこい、エリーヌ！」
フレッドが告げる。
空気を切り裂くような鋭い声だ。
「降りてこなければ、このけったいな馬車ごとお前を破壊する！」
馬車じゃなくて自動車ですよ、兄上……と心の中で突っ込みを入れる。
まあ、兄の指示を拒否するつもりはない。
まずは【音波無効《おんぱむこう》のネックレス】を身につけていることを最終確認。

アリスティが同じネックレスをつけていることも確認。

そして音響兵器とショットガンを忘れず持つ。

いよいよ、外に出る。

私たちの姿を見て、フレッドはふんと鼻を鳴らして言った。

「やはりアリスティもいたか」

彼と対峙《たいじ》する。

フレッドは続けて言ってきた。

「久しぶりだな、愚妹」

愚妹。

それはフレッドが私を呼ぶときの、いつもの呼称だ。

「予想以上に早くこの森に来たな。その新型馬車のおかげか」

「これ、は……っ、馬車、では……」

そのとき私は、自身の異変に気づいた。

身体が震えている。

呼吸が苦しくなり、声が出なくなる。

状態異常攻撃？

いや……。

違う。

これは、恐怖だ。

フレッドに対する、私が持っていた本能的な恐怖心。

それが心の底から湧き起こっているのだ。

「ふん。俺《おれ》を前にして恐れおののくとは感心したぞ。己《おのれ》の立場を忘れてはいなかったらしい」

得意げなフレッドの笑み。

私は、改めて彼の強大さを認識する。

――フレッド・フォン・ブランジェ。

ブランジェ家の長男であり、次期当主。

天才と謳《うた》われた貴族だ。

知性、剣術、全てにおいて非凡な才能を見せ、帝国の軍部を瞬く間に掌握。

帝国最強の精鋭部隊【セラス】を結成する。

そのセラス、というのが、ここにいるフードの集団だろう。

私も初めて見る。

佇《たたず》まいからして、一人ひとりが相当の手練れであることがわかる。

だが、それでもなお、ひときわ強大な存在感を持つのが、やはりフレッドである。

なにしろフレッドは、手ずからセラスの教官として彼らを鍛えたというのだから。

しかし、単に優秀な兄というだけなら、ここまで私が恐れることはない。

――フレッドは、私に対して明確な敵意を向けていた。

フレッドの攻撃対象は、いつも私だった。

私に対する罵詈雑言は当たり前。

殴る蹴るの暴力に及ぶこともあった。

しかし、どんな目に遭っても、私はフレッドには逆らえなかった。

才能が違う。

実績が違う。

母もフレッドを溺愛し、私を卑下している。

この状態で、どうすれば私が兄に刃向かえようか。

理不尽なことをされても、我慢するしかなかったのである。

「愚かなお前でも、これがどういう状況か理解できるだろう？　そう、お前を暗殺しに来たのだ」

フレッドは不敵に笑いながら言った。

「やっとお前を排除できるときが来た。お前は一家の恥だ。お前のような無能な人間と、同じ血が流れていると思っただけで反吐《へど》が出る。だから、お前を手ずから始末できるこの日を待っていたぞ」

殺意を向けられ、私はすくみあがった。

恐怖で思考が染まっていく。

私は、自分に言い聞かせる。

――――大丈夫。

恐れる必要はない。

そもそも、なぜ、これまで私はフレッドを恐れていたのか？

純粋な事実として、彼のほうが強かったからだ。

しかし、今もそうだろうか？

前世の知識と、それによって生まれた武器を持つ私は、兄よりも弱い？

――否。

決してそんなことはない。

私には、フレッドを返り討ちにできる力がある。

これは願望ではなく確信だ。

そう思ったら、次第に恐怖が引いていった。

身体の震えが止まる。

私は兄に向かって宣言した。

「そこから一歩でも前に進めば、ためらいなく殺します」

予想外の言葉だったのだろう、フレッドが目を見開いた。

彼の攻撃において最も恐ろしいのは剣速である。

戦闘では自身を【身体強化魔法《しんたいきょうかまほう》】で強化する。

兄の身体強化魔法は速さに特化しており、その剣術速度は、常人の目で追えるものではない。

私は、フレッドの剣の間合いを警戒していた。

ここからだと兄は、一歩の踏み込みで、私に剣を届かせるのは不可能だろう。

私に刃を届かせたいなら、どうしても一歩半か、二歩の踏み込みが必要だ。

（逆にいえば、二歩目を踏み出された時点で、こちらの首を狩られてもおかしくない）

つまり、一歩でも近づかれると、もう黄色信号である。

二歩目には、目にも留まらぬ速さで剣が迫り来るのだから――

ゆえに、現在の距離を縮められることがあれば、容赦なく音響兵器を起動する。

たとえ一歩でも私に近づくことは許さない。

しかし、音響兵器の存在など知らぬ兄は、私の態度を笑った。

「これは傑作だな。俺を殺すだと？　お前のような愚鈍な女が？」

あざけるような笑みを浮かべて言ってくる。

「うぬぼれるなよ愚妹。俺とお前の関係において、殺す権利があるのは俺だけだ。お前みたいな雑魚《ざこ》に脅される理由など何処《どこ》にもない」

「その割には、ずいぶんと大人数でのお出迎えのようですが？」

「これはお前を警戒したわけではない。俺が気にしたのは、お前の横にいるその女だ」

なるほど。

アリスティのことか。

「お前とアリスティが合流し、行動をともにするのは予想できたことだ。そして、アリスティ・フレアローズは俺ですら手を焼く武人だ。ゆえにこの【セラス】を動員し、万全の態勢で待ち構えるほかなかった」

やはりフードの者たちはセラスだったようだ。

アリスティは言う。

「そう言っていただけて光栄です、フレッド様。私を恐れるなら、素直に道を通してくださると嬉しいのですが」

「それはできん相談だ。エリーヌを殺せ、というのは母上からの命令だからな」

予想していたがバックにいるのは母上か。

ただ、フレッドなら母の命令は無視できたはずだ。

だからまあ、私を殺そうとするのはフレッド自身の意思でもあるのだろう。

「アリスティ、お前は有能だ。愚妹を切り捨て、俺のもとに来るなら、俺と対峙した無礼を許そう」

「申し訳ありませんが、私はエリーヌ様に全てを捧げています。裏切ることはありません」

「お前の人生において、それが最も愚かな選択だとしても？」

「愚かではありません。そもそも私は、お嬢様の才覚がフレッド様に劣るとは思っておりませんので」

その言葉を聞いて、初めて、フレッドが顔をしかめた。

「聞き捨てならん言葉だな。そこのクズが、俺と同格だと？」

あの……愚妹とか雑魚とかクズとか、いろいろひどくないですかね？

まあでも、フレッドはいつもこんな調子なんだよね。

ため息をつくしかないよほんとに。

「はい。お嬢様の才能は、フレッド様と同格……いえ、それ以上であると断言します」

アリスティが言い放つ。

フレッドは、耐えられないとばかりに笑った。

「ふふ、ふは、ふははははは!!　そうか。そこの愚妹が、この俺よりも優秀だとほざくか！」

フレッドは笑い続ける。

ひとしきり笑ってから、フレッドはふうと息をついた。

「わかった。もういい。まさか、お前がここまでの蒙昧《もうまい》だったとはな。2年前、母上がなぜお前をクビにしたのか、今理解した。お前についてはもう諦めよう」

フレッドの目にふたたび殺意が宿る。

いよいよ戦闘態勢に入ったようだ。

フレッドがセラスたちに視線と身振りで合図をする。

セラスたちも呼応するように、戦意をみなぎらせ、それぞれの得物を構える。

フレッドは言った。

「おしゃべりはここまでだ。ここからは剣で語り合おう。まあ、一瞬で終わってしまうかもしれんが、こちらに被害がなければそれで――」

語りながら剣を抜いて、フレッドが一歩足を前に出した。

そう、一歩だ。

一歩でも踏み込んだら殺す、と私は宣言したはずだ。

その一歩目を、フレッドは踏み出した。

（さようなら、兄上）

私は静かに、音響兵器を起動させた。

直後。

キィィィィンッ……‼

と。

すさまじいハウリングが全方位に放たれる。

しかしフレッドとセラスの対応は早かった。

なんらかの攻撃が放たれたと理解したのだろう、彼らは即座に【防御結界《ぼうぎょけっかい》】を展開していた。

そう、それはセオリーだ。

敵が攻撃を仕掛けてきたら、とりあえず防御結界を張っておけば、おおむね対処できるという定石。

だが――

音響兵器は、防御結界をすりぬける攻撃だ。

なぜなら防御結界には想定されていないパターンだからだ。

音響兵器の本質は、高周波の音波をぶつけることにある。

しかし『周波数』という概念がまだ知られていない異世界において、この攻撃の本質を理解し、防ぐことは難しい。

原理が不明の攻撃だから、防御結界では対処ができないのだ。

ゆえに、音波は結界を貫通して彼らの耳を破壊していく。

鼓膜を潰《つぶ》し、三半規管を狂わせ、脳に損傷を与える。

「「「かはっ……!?」」」

糸が切れたように倒れていくセラスの男女たち。

ほとんどの者が失神する。

しかし、ただ1人だけ、倒れなかった者がいた。

フレッドである。

「お、お前……何を、した……っ!?」

フレッドが膝《ひざ》をつきながら尋ねてくる。

どうやら、あの一瞬で防御結界を修正し、音波攻撃を防いできたようだ。

恐るべき対応力である。

天才の名は伊達《だて》ではない。

とはいえ、さすがに音波を完全に防ぎ切ることはできず、せいぜい減殺するに留《とど》まったようだ。

多大なダメージを受け、苦しんでいるのがわかる。

「音による、攻撃……か!? まさか、新種の……ハルピュイアか……!?」

フレッドがそのように推測する。

ハルピュイアは歌による幻惑攻撃を行ってくる魔物だ。

しかし、今回のは違う。

「違いますよ、兄上。これは音響兵器です」

「音響、兵器……⁉」

「音波を照射して敵の耳や脳を破壊する兵器です。私の錬金魔法で開発しました」

「馬鹿《ばか》、な……っ！」

信じられないといった目でフレッドが見つめてくる。

一方、私は目を細め、フレッドの状態を冷静に分析する。

耳を壊す音響兵器の攻撃を食らっても、会話が成立している。

普通なら耳が聞こえなくなっているから、話もできないはずなんだけどね。

フレッドはどうやら、鼓膜は守ったようだ。

しかし蒼《あお》ざめ、身体をガタガタと震わせているあたり、脳や三半規管への衝撃に関しては、多少和らげるしかできなかったというところか。

実際、フレッドの魔力が激しく乱れている。

意識が朦朧《もうろう》としているのだろう、魔力を制御するための集中力が低下しているのだ。

「お前のような、無能が……っ、そのような兵器を、開発した、だと……⁉　有り得ん……！　お前ごときが、そんな」

「己が身をもって体感したことを、否定なされるのでしょうか？　そこまで愚かではないはずです」

フレッドが歯ぎしりをする。

私は続けた。

「まあおしゃべりはいいでしょう。ダラダラと話してるあいだに回復されてもイヤなので、トドメを刺させていただきますね」

ここまで弱ったフレッドの攻撃は怖くない……そう判断した私は、彼に近づく。

用意していたショットガンを、フレッドに向けて構えた。

相手を容赦なく吹き飛ばせる距離である。

ショットガンもまた、フレッドが見たことのない得物だろう。

しかし、己を殺傷する武器であることは理解したようだ。

「この俺が……っ！　愚妹に、負けるだと……⁉　そんなことは、あっては、ならない……‼」

フレッドが気合で立ち上がろうとする。

しかし、ふらっと力が抜けて転ぶ。

また立ち上がろうとして、転ぶ。

懐《ふところ》からポーションを取り出そうとして、取り落とす。

……哀れだ。

「では今度こそ、さようなら。兄上」

「ま、待て……！　話をしよう。もう暗殺は、ナシだ！　だから――――」

私は、引き金を引いた。

ズドン……ッ‼

弾《はじ》けるような轟音が鳴り、起き上がろうとしていたフレッドの身体を吹き飛ばした。

数メートルほど後ろに転がり、やがてぴくりとも動かなくなる。

死んだか。

いや、まだわからない。

フレッドならば直前で防いだ可能性がある。

わずかにでも息があればポーションや魔法で回復できる世界。

ゆえに、完璧な死を与えておく必要がある。

「アリスティ」

「はい、なんでしょう?」

「フレッドの首をはねてください。万が一にも、回復することがないように」

「……承知しました」

アリスティは指示通り、フレッドの首を切断する。

これで、確実に死んだだろう。

もうどんな治療をほどこしても快復することはない。

「このあとはどうなさいますか、お嬢様?」

アリスティが聞いてくる。

私は答えた。

「ここにいるセラスたちの処理をします。協力をお願いしてもよろしいでしょうか」

「承知しました」

私とアリスティは気絶したセラスたちにトドメを刺していく。

ナイフを持って、私は一人ひとり、丁寧に殺していく。

だが。

私が5人目の始末をしようとしたときだった。

「⁉」

手にかけようとしていたセラスの女隊員。

気絶していたはずの彼女が、突然、起き上がって攻撃を仕掛けてきた。

(気絶していたフリ⁉)

いや……たった今、目を覚ましたのかもしれない。

とにかく女隊員の短剣が私に迫る！

一撃目はなんとかかわせたが、すかさず二撃目が放たれる。

下から斜めに刃をすくいあげ、私の首を狙い撃つ綺麗な攻撃。

これはかわせない、と私は思った。

だけどそのとき、不思議な感覚があった。

相手の攻撃のタイミングや軌道、角度。

私がそれを回避してからの、反撃のシミュレーション。

そういった情報処理が一瞬で行われて、どう行動すればここから逆転できるかが、つぶさにわかるような感覚。

それはおそらく、軍人としての訓練を受けてきたエリーヌと。

ひたすら理屈の追求を行ってきた前世の自分とが、合わさったがゆえの感覚なのだろう……と私は推定する。

だからその感覚に従うことにした。

まず私はわずかに身をかがめて、首に迫ってくる剣閃《けんせん》を下に回避。

回避とほぼ同時に距離を詰めて、相手の剣を持つ腕のヒジを持ち上げる。

これで腋《わき》を開けさせた。

私はナイフを構える。

体勢的に、脇腹《わきばら》、横腹、腹、胸、首など、どこでも狙える状態だ。

死を予感したのだろう、女隊員はすぐさま後ろに飛んで間合いを空けようとした。

しかし私はそれすらも読んで、引き離されたぶんの間合いを素早く殺すと、ナイフの刺突を放って首に突き刺した。

「かッ……!?」

間髪入れず、突き刺したナイフを横にスライドして首をかっさばく。

これで致命傷だ。

女隊員が血に沈む。

「ふう……」

なんとか切り抜けられて、冷や汗をぬぐった。

(この女隊員、音響兵器のダメージがほとんど無かったみたいだね)

あるいは、目を覚ましたあとで即座に回復でも行ったか。

まったくどいつもこいつも……

手強《てごわ》い人ばかりで嫌になるね。

「お嬢様⁉」

アリスティが駆け寄ってくる。

「大丈夫です。目を覚ました相手がいましたが、返り討ちにしましたから」

私は倒した女を視線で見下ろした。

アリスティは真剣な顔で言った。

「お嬢様。あとは私にお任せください。同じように目を覚ます相手がいるかもしれませんから」

「……そうですね」

というか、最初から殺すのはアリスティに任せておけばよかったかも。

音響兵器を使うまでは私の仕事、それ以降はアリスティの仕事。

そういう分担で、今後はやっていこうかな。

「わかりました。後は任せます」

告げて、私はキャンピングカーのそばに戻り、待機することにした。

ほどなくしてアリスティが全員を殺し終える。

「始末が終わりました」

「ご苦労様です。では、戦利品を回収したのち、遺体をここに集めます。手伝ってください」

「承知しました……が、何をなさるんですか？」

「遺体を焼却します。音響兵器の存在を知られたくないので」

焼却の理由は、遺体から情報を持ち帰らせないためだ。

賢い人間に遺体を分析されると、音響兵器の存在を悟られるかもしれない。

まだこの兵器を他人に知られたくはない。

安住の地を見つけるまでの切り札として、今後も使っていきたいからだ。

「……よし。こんなものでしょうか」

私とアリスティは手分けして、遺体から装備やアイテムバッグなどを戦利品として回収した。

そして、フレッドとセラスの遺体を１ヶ所に集積する。

火を放って、焼却を始めた。

ただ、森の中での焼却は少し不安ではあった。

周囲に火が燃え移る可能性があるからね。

まあ、この円形広場は結構広いので、たぶん大丈夫だと思うけど……。

念のため、消火の道具を開発しておくとしよう。

キャンピングカーのリビングに戻る。

「……」

テーブルに着いて消火用具の錬成を行いながら、ぼんやりと考える。

——人を殺した罪悪感は、多少なりともあった。

これは古木佐織《ふるきさおり》として生きてきた人格が影響しているのだろう。

しかし、それ以上の達成感があった。

あの兄を超えたのだという、エリーヌとしての感情。

エリーヌは……強い。

もし前世のままの私だったら、殺すのをためらっていたかもしれない。

異世界でそんな甘さが許されないとわかっていても、感情がブレーキをかけただろう。

その結果、フレッドやセラスに逆転されて、殺されていたかもしれない。

今回、確実に彼らを殺し切ることができたのは、軍人令嬢として生きてきたエリーヌのおかげだ。

(まあ、でも、しばらくは平和に暮らしたいね)

私はこれからも、誰かを殺すだろう。

地球よりもはるかに厳しい、この異世界という大地の上で。

だけど、しばらくはお預けにしてほしい。

心からそう思った。

「ふう……」

消火用具が完成した。

一息つく。

こうして、フレッドたちとの戦いが終わった。

遺体の処理が完全に終了したあと、キャンピングカーを走らせ、森を抜けた。

草原を走る。

「無事に切り抜けられましたね。お嬢様」

「そうですね」

アリスティの言葉に、私は同意した。

フレッドとの戦いは、私の人生にとって、大きな山場だっただろう。

でも、乗り越えた。

安堵《あんど》と、勝利の喜びが胸に満ちる。

アリスティは言う。

「ここからは安全に国外まで移動できるでしょう。フレッド様以上の脅威は、もう無いでしょうし」

「そうあってほしいものですね。兄上みたいなのと戦うのは、もう御免ですから」

私が肩をすくめて言うと、アリスティも苦笑した。

完全に日が暮れたので、草原にある丘のふもとで駐車する。

今夜はここで車中泊だ。

その際、フレッドたちから回収した戦利品の確認を行った。

「それにしても、いろいろ回収できましたね」

私はつぶやく。

剣、槍、ナイフ、斧《おの》などの武器類。

鎧《よろい》や盾などの防具類。

弓などの飛び道具。

魔法杖《つえ》や魔導具。

それから大量のポーションやアイテム類。

25人ぶんのアイテムバッグ。

どれもこれも高品質であることがわかる。

ほとんど全て上級ランクの品物だろう。

しかも、金貨も2万枚以上ある。

さすが、フレッドとセラスから回収できた戦利品だ。

「使わないものが多いので、明日【アネットの街《まち》】に着いたら売却しましょうか」

私がそう告げると、アリスティが尋ねてきた。

「全て売るのですか?」

「んー……マナポーションとアイテムバッグ、それから鉄製品と魔導具は取っておきたいですかね」

マナポーションは錬金魔法の魔力消費を回復するのに絶対欲しい。

アイテムバッグもいくつあっても困ることはないだろう。

鉄製品は分解して、鉄としてリサイクルできる。

鉄はいろいろ使い勝手の良い金属だから、できるだけとっておきたかった。

魔導具については研究のために確保しておこうと思う。

「あ!　待ってください。これも欲しいですね」

ふと気づいて、私はアクセサリーの1つを拾い上げる。

セラスの弓使いが所持していたものだろう、射撃の命中率を劇的に上げる指輪だ。

名前は【射撃補正《しゃげきほせい》の指輪《ゆびわ》】。

たしかSランクの指輪だったはずだ。

これを装備すれば、射撃の腕が必要な銃火器も扱えるようになるかもしれない。

「ちなみにアリスティは欲しいものはないですか？」

「そうですね。強《し》いて言うならマナポーション以外のポーション類も、全て取っておきたいところです」

「あー……兄上とセラスのポーションは高ランクが多いみたいですからね」

今のところ、私は高ランクポーションを自作できない。

ポーションは原理がよくわかっていない魔法アイテムだからだ。

「じゃあポーション類は全てストックしておきましょうか」

「承知しました。では確認ですが、ポーション、アイテムバッグ、鉄製品、魔導具、射撃補正の指輪を残して、それ以外は売却ということでよろしいですね？」

「はい。それで間違いないです」

アリスティは売却アイテムをアイテムバッグに詰めていく。

私は言った。

「ちなみに、アネットでの買い出しは私が行います。アリスティは護衛をお願いします」

トク村のときは全てアリスティに任せた。

しかし今回は、買いたいものが多いのだ。

それらを全てアリスティに買ってもらうのは大変だろうと思ったのである。

「よろしいのですか？　ここはまだブランジュ領ですが……」

ブランジュ領での私は、ただの犯罪者。

しかも領主の娘。領民にはそこそこ顔が知られている。

あまり堂々と出歩いても、いいことはない。

しかし、ちゃんと対策を考えた。

私はそれを述べる。

「仮面を作り、それをかぶって行けば大丈夫かと思います」

「なるほど……それならエリーヌ様だと周囲にバレませんね」

「はい。ただメイドを連れ歩いていると、貴族だとバレかねないので、アリスティはメイド服ではなく平民用の衣服でお願いします。私も自分の服を作っておきます」

「かしこまりました」

こうして明日の予定が確定する。

話が終わったので、就寝の準備を行った。

翌朝。

キャンピングカーの車内で朝食を済ませたあと、アネットの街を訪れた。

アネットの街は領都に次いで繁栄した街だ。

人口は1万5000人程度。

ちょっとした都市である。

私とアリスティは、仮面をかぶって素材屋へ直行だ。

3つのアイテムバッグを肩にかけて持つ。

なおアイテムバッグの1つにはキャンピングカーを収納している。

――まずは一番近くの鉱物屋へと訪れた。

現在、私は金貨2万枚を所持している。

日本円にすると2億円。

これだけあれば、好きなだけ素材を買い集めることができるだろう。

というわけで、私は素材を買いまくることにした。

「鉄は全てください。砂鉄でも黄鉄鉱でも構いません」

鉱物屋はカウンターで注文して商品を売ってもらう形式だ。

だから欲しい品物を口頭で挙げていく。

「あと銅と鉛と錫《すず》と水銀、硫黄や硝石《しょうせき》も欲しいですね。あ、ミスリルもあるじゃないですか。じゃあそれも――」

私が次々に注文していくと、店主は焦ったように聞いてきた。

「お、おう。そんなに買って大丈夫かい？　特にミスリルなんて、かなり高額だが」

「はい、大丈夫ですよ。というか、まだまだ注文するつもりなんですが」

他にも欲しいものはたくさんある。

バンバン注文していき、膨大な数の注文を終える。

鉱物屋の店主は驚いていたが、やがてフッと微笑《ほほえ》んだ。

「こんなに買ってくれるとはな、仮面のお嬢さんよ？　こいつはサービスだ。持っていきな」

店主がなんらかの石を投げ渡してくる。

受け取ると……それはコランダムだった。

「コランダム……ですか」

「ああ、よく知ってんな。そいつを加工すれば宝石になるんだよ」

コランダムはルビー、もしくは、サファイアの元となる原石だ。

鋼玉と呼ばれていて、研磨材としても使用できる。

「宝石職人のもとに持っていけば、立派な宝石に変えてもらえるだろう。たくさん買ってくれた礼だ、くれてやる」

「ありがとうございます！　ほんとに嬉しいです！」

これは有難かった。

コランダムからはいろんな素材が手に入るからね。

さて、用が済んだので鉱物屋をあとにする。

次の店に行って、買い物を続ける。

木材やレンガや粘土などの建材。

服の素材となる羊毛や綿、リネン、麻、布、糸。

本来、買い占めはよくないが……1日だけなら問題ないだろうと思って買い漁《あさ》《か》っていった。

「あとは……ええと」

いろいろ買ったことで頭の中がこんがらがってきたので、いったん整理することにした。

と、同時に、街を出てからキャンピングカーを出し、アイテムバッグを保管。

新しいアイテムバッグを手に持って、ふたたび街へと訪れる。

これから買いたいのは、
火魔石や水魔石などの魔石。

獣骨や甲殻やツノや牙《きば》などのモンスター素材。

魔法書や錬金書、アイテム図鑑。

最後に買えるだけの食材……かな。

これらを求めて、街を歩き回る。

買いまくった結果、最終的にアイテムバッグのうち、半分以上がいっぱいになってしまった。

買い物が終わったら、今度は素材の売却。

これはもうアリスティに任せることにした。

結果、全てが終わるころには夕方になっていた。

アリスティと2人で、キャンピングカーのテーブルに着く。

消費金額は金貨7000枚。

日本円にして7000万円の消費額である。

（さすがに買いすぎでしたか……）

買ったものの中で、とんでもなく高級なものがいくつかあった。

たとえば書物。

たった20冊買っただけで金貨2000枚も飛んでしまった（日本円で2000万円）。

あとは魔物の素材。

そういうものを買っているうちに、いつの間にか支出が膨れ上がってしまったのだ。

「まあ必要経費だったから……仕方ありませんね……」

私が言い訳がましく独り言を漏らすと、アリスティが賛同してきた。

「お金は使うことで市場が回りますから、悪いことだとは思いません。貴族や商人が貯《た》めこんだら、経済はたちまち冷えてしまいますから」

「そう、それ！」

都合の良い理屈に飛びつく私。

そうそう、これはノブレスオブリージュなのです。

まあ、私はもう貴族を追放されましたけどね！

「ところで、アリスティのほうはどうでした？」

戦利品の売却についてはアリスティに一任していた。

その結果を彼女が語る。

「はい。フレッド様やセラスの戦利品は、半分ほどですが買い取ってもらえました。買取料は累計で金貨1万5000枚ほどです」

「……ということは、今の私たちの残金は金貨2万8000枚？」

「そうなりますね」

約3億円かぁ……。

しかも、まだフレッドたちの戦利品は半分も残っている。

さっきは買い物しすぎたと思っていたけど、杞憂だったかな。

アリスティは微笑んで言った。

「国外に出たあとの暮らしも安定しそうで、何よりです」

私は同意した。

そのあと、買ってきた食材に【魔法防腐剤《まほうぼうふざい》】を使って、防腐処理をほどこしておいた。

さて、アネットの街を発《た》つ。

そこからの移動は速かった。

翌日にはブランジェ領を出て、辺境伯領へ。

さらに、その日のうちに、国境の関所にさしかかる。

さすがにキャンピングカーで堂々と衛兵の前に出るわけにはいかないので、下車する。

キャンピングカーをアイテムバッグに収納して、徒歩で関所に向かった。

私が国外追放になったことは衛兵たちにも通達されていたようだ。

問題なく、関所を通してもらえる。

さあ、ここからはカラミア公国だ。


――カラミア公国。


人口70万人程度の小国。

緑豊かではあるものの、耕地には向かない山が多く、酪農を中心として発達した国だ。

関所を抜けたあとの街道を歩きながら、アリスティが言う。

「無事にランヴェル帝国を出られましたね」

「はい。そこはひと安心ですね」

ここまで来れば、刺客に襲われる心配は激減すると言っていい。

「でも、カラミア公国はランヴェル帝国との関係が深すぎます。ここに定住しても、母上と再会する恐れがあるでしょう」

ランヴェル帝国とカラミア公国は積極的に国交を行っている。

ブランジェ家も、出張でカラミア公国を訪れることが多い。

実家の者たちと鉢合わせになるのは嫌だ。

アリスティが尋ねてくる。

「では、これからどうなさるおつもりですか？」

私は答える。

「カラミア公国の向こうにある、リズニス王国を目指そうと思います」
「リズニス王国、ですか」
カラミア公国の東に位置するリズニス王国は、平和で豊かな国だと知られている。
とりあえずの移動先としては最有力候補となるだろう。
さて、行き先が決まったところで、キャンピングカーの走行を再開しようと思う。
街道から少し離れたところで、キャンピングカーを取り出して乗車する。
カラミア公国は、さっさと抜けてしまおう。
(公国を出るのにそこまで時間はかからないはず……)
カラミア公国は国土面積が小さい国だ。
どれぐらい小さいかというと、日本の半分もないぐらいだ。
端から端までの距離は、日本でいえば、大阪から東京《とうきょう》ぐらいの距離だと思う。
それでも馬車なら1週間はかかるだろう。
しかし、キャンピングカーならば1〜2日。
まあ寄り道や休憩をするとしても、3日程度で走破できるはずだ。
——カラミア公国を走り抜けていく。
快適な走行だ。
複数の領地を抜ける。
私たちはあっという間にカラミア公都に辿り着いた。

このとき、私はアリスティとともに、ふたたび素材と食材を買いまくった。
公都の店を巡って目ぼしい素材を買い集める。
「ん……!?」
そのとき、街の露店でとんでもないものを発見する。
コーヒーノキだ。
名前の通り、コーヒーの原料である！
「この植物ください！　全部！」
これは買うしかないと思って、注文した。
すると女店主が言った。
「へえ……全部買ってくれるのかい。まあ甘酸っぱくて美味しいものねえ」
ん……？
コーヒーが甘酸っぱい？
ああ、そうか。
私は気づく。
（コーヒー豆じゃなくて、果実のことを言ってるんだね）
コーヒーの果実は実は食べることができる。
日本ではコーヒーといえば果実ではなく飲み物のことを指すが……
この世界では、逆なのだろう。

というかコーヒー飲料については、そもそも製法自体が知られていないかもしれない。
「ちなみにこれ、どこで手に入れたんですか？」
「ん。リズニス王国だよ。南西のほうに荒野があってね」
「へえ……」
リズニス王国か。
ちょうど目的地である。
入国したら、その荒野に絶対立ち寄ろう。
私はそう心に決め、コーヒーノキを全て買い上げてから、露店をあとにした。
そうして公都での買い物を続ける。
あちこち散策し……結果。
新しい素材をいろいろと入手できた。
そして手に入れた素材を使って、爆弾の作成に成功した。
実践テストも無事成功したので、量産して50個ストックしておく。
用が済んだので、公都を出発。
公都領を抜けて、さらにいくつもの領地を越えていく。
そうして8時間ほどが経過。
最後の領地に到着した。
オレート領である。

ちなみに、カラミア公国に入国してからまだ2日しか経っていない。

それでも、もうリズニス王国は目の前である。

ただ、オレート領に着いたときには夜だったので、国境越えは明日になるだろう。


――――オレート領の草原。


キャンピングカーを街道から少し離れた場所に停《と》める。

雑木林のそばの草原の上である。

私とアリスティは夕食を食べてから、外に出て、夜空を見上げていた。

2つの月と星たちが静かに輝いている。

美しく穏やかな星空である。

アリスティは私に言った。

「明日でようやくリズニス王国でございますね」

「そうですね」

リズニス王国に行けば、ランヴェル帝国の影響範囲から外れることになる。

つまり、追っ手も届かない。

本当の意味で自由を手にすることができる。

アリスティは尋ねてきた。

「リズニス王国へ辿り着いたら、何をなさりたいですか？」

私は少し考え込んだ。

やりたいことを考えていなかったわけではない。

むしろ、逆だ。

やりたいこと、してみたいことがありすぎるのだ。

ただ……それらを一言でまとめるなら、これに尽きるだろう。

「思いきり人生を満喫したいですね」

一拍置いてから、続ける。

「なんならもう、リズニス王国にも定住せず、ずっと旅してもいいですね」

大自然の中でダラダラしたい。

いろんな場所を旅して、絶景を眺めたい。

美味しいものを食べたい。

春夏秋冬、四季折々の文物を楽しみたい。

キャンピングカーがあるんだから、どこへだって行けるはずだ。

せっかくだから、この世界を楽しみ尽くしてやろうじゃないか。

「……」

そのとき、私はふと黙り込んだ。

一瞬、悩み、そして決心する。

「あの……アリスティ。話しておきたいことがあるんです」

「なんでしょう?」

「冗談だと思わないで聞いてほしいのですが……私には、前世の記憶があります」

ついに、そう打ち明けた。

ここまでアリスティには前世のことを黙ってきた。

でも、一番身近にいる相手だから話しておいたほうがいいと思ったのだ。

私は続けた。

「前世では日本という国に住んでいました。おそらくこの世界に存在する国ではありません、異世界です。その世界で20年ほど生きて、死んで、エリーヌとして生まれ変わったのです」

まあ、はっきりと自分の身に何が起こったのかはわからない。

気づいたらエリーヌになっていたからね。

「前世の記憶を思い出したのはつい最近です。ちょうど屋敷を出た、あの日です」

今となっては、自分が古木佐織なのかエリーヌなのかわからない。

どちらか一方が主人格なのではなく、融合しているのだと思う。

アリスティが、言った。

「なるほど……そうだったんですね」

「疑わないんですか？」

「はい。まあ、いろいろ納得がいきましたから」

彼女は苦笑しながらそう答えた。

まあアリスティは、そりゃ困惑したはずだよね。

私も前世の知識チートを遠慮なく発揮してたから……。

アリスティは尋ねてくる。

「あのキャンピングカーは、前世の国の乗り物なんですね？」

「はい。前にも言いましたが、自動車という乗り物です。日本では一般的な乗り物ですね。その中で旅行向けに特化したものがキャンピングカーというわけです」

私の説明に、アリスティはなるほどと納得する。

そして、さらに聞いてくる。

「日本というのは、どんな国なんですか？」

私は在りし日の記憶を懐かしむように、答えた。

「とても豊かな国でした。ほとんどの民が美味しいご飯を食べられて、読み書きができない者はおらず、溢れるほど多種多様な娯楽を楽しむことができました」

一拍置いて、続ける。

「信じられないかもしれませんが、キャンピングカーも庶民が買える乗り物です。こちらの貨幣でいうと金貨500枚ほどで買えますからね。まあ旅行を趣味にしている人ぐらいしか買わないですが」

「それは……ちょっと信じがたいですね」

アリスティは苦笑していた。

そして聞いてくる。

「そんなに便利な社会で生きていらっしゃったのなら、お嬢様は、この世界がご不満ではないのですか？」

「いいえ」

私は即答した。

「この世界にはこの世界の良さがたくさんありますから」

異世界は私にとってロマンである。

魔法がある世界。

エルフやドラゴンが存在する世界。

冒険の世界。

便利とか、不便とか、そういうものでは測れない何かがある。

だから私は、この世界が好きだ。

はっきりと断言できる。

「それに不便な部分は、自力でなんとかできますからね」

確かに前世にあって、異世界に無いものはたくさんある。

でも、それなら作ればいいだけだ。

そのための素材と、
知識と、
錬金魔法があるからね。

「せっかく転生したのですから、私はこの世界を存分に楽しみたいと思っています。アリスティも、よければ私に付き合ってくれると嬉しいです。一緒に、この世界を満喫しませんか？」
私はアリスティを見つめる。
アリスティは穏やかな表情で見つめ返したあと、静かに答えた。
「はい。どこまでもお供いたします、お嬢様」
翌日。
私たちはカラミア公国を越えた。
関所を抜けて、リズニス王国へ入る。
まだ見ぬ旅がここから始まるのだった。

第三章

第三章

Tsuiho reijo, kurafuto shinagara kyampinguka de isekai wo tabi shimasu

——リズニス王国。
海に面した中堅国家。
国土面積もかなり広い。
農業や林業も盛んであるし、海を利用した貿易でも栄えている。
人口は６００万人程度。
とても平和な国として知られている。

入国して、キャンピングカーを走らせる。
まず入領したのは伯爵領である。
途中の村や街は無視して、街道を走り続ける。
そのあいだに、アリスティに１つの仕事を与えた。
それはアイテムバッグの中身を整理すること。
さらに、どのアイテムバッグに何が入っているのか、紙に書いてもらうこと。
つまりリストを作ってもらうことだ。

リスト化してくれないと、素材を探すときに時間がかかっちゃうからね。

一方、私はというと、新たな武器の開発を行っていた。

キャンピングカーの座席に座って、熟考する。

（手持ちの武器はショットガン、音響兵器、爆弾。これでは心もとないよね）

まずショットガンは射程が短い。

一方、音響兵器と爆弾は使い勝手があまり良くない。

なので、もうちょっとバランスの良い武器が欲しかった。

（【射撃補正《しゃげきほせい》の指輪《ゆびわ》】を手に入れたんだから、ショットガン以外の銃器にもチャレンジしてみようかな）

【射撃補正の指輪】は、銃にも適用されるのか？

その場合、どの程度、射撃を補佐してくれるのか？

ノーコンな私でも銃が使えるようになるか検証してみたい。

まあ、それはそれとして……

何を作ろう？

拳銃、サブマシンガン、グレネードなど、いろいろな銃火器の名前が頭に浮かぶ。

しかし、今回は射程を重視したい。

となると、ライフルがいいかもね。

（せっかく錬金魔法という離れ技術があるんだから、アンチマテリアルライフルでも作っちゃおうか）

というわけで……

長距離射程に秀でたアンチマテリアルライフルを製作することにした。

アンチマテリアルライフルとは、日本語では、対物ライフル。

『対物』なので、対人だけではなく、建物や遮蔽物さえ吹き飛ばす超威力のライフルだ。

射程距離はなんと1500メートル以上もある。

これを作ることができれば、超遠距離から魔物を狩ることも可能になるはずだ。

まあ素材はあるし、錬金魔法を使えば一瞬だろう。

錬成を始める。

――――30分後。

アンチマテリアルライフルが1挺《ちょう》、完成した。

射程距離1600メートル。

弾速はマッハ2の設計なので、1秒間に680メートルの距離を進む。

さっそく射撃テストを行ってみよう。

ひとけのない荒野に停車して、魔物の存在を確認する。

アンチマテリアルライフルを地面に設置。

【射撃補正の指輪】を忘れず薬指にはめておく。

伏せた姿勢で銃を構えた。

スコープのレンズをのぞき、十字の照準を魔物に合わせる。

荒野にはいろんな魔物がいるけど、まずはウルフから狙《ねら》ってみよう。
「おお……!?」
そのとき私は奇妙な感覚にとらわれた。
さながら射撃の全《すべ》てを理解したかのような超感覚。
風向きや重力、敵との距離、弾を撃ったときの軌道まで全て把握できる。
まるでコンピュータが弾道計算を行ってくれるかのような……完璧《かんぺき》な理解。
「まさか、これが指輪の効果……?」
試しに【射撃補正の指輪】を外してみた。
直後、スゥッと超感覚が消えていった。
その状態でスコープをのぞいても、まるで弾道が予測できない。
ふたたび指輪を身につける。
すると、また超感覚が身を包んだ。
「す、すごい……さすがSランクの指輪だ！」
これを身につけていれば、的を外すわけがない。
どんなノーコンでも射撃を成功させられるだろう。
私はさっそくウルフを狙った。
距離500メートルほどだ。
トリガーを引き絞り……

――――ズドンッ‼
1秒弱かけて弾が飛んでいき、着弾。
ウルフが吹き飛んだ。
射撃は成功だ。
「よし、次は……」
もっと硬い的を狙ってみよう。
周辺を探り、野生のゴーレムを発見する。
ロックゴーレムか。
よし、あれを狙ってみよう。
距離は1400メートルほど。
ぎりぎりの射程距離。
照準を合わせ、トリガーを引き絞る。
次の瞬間。
……ズドンッ‼
2秒ほどかけて飛んでいった弾が、ロックゴーレムの身体に吸い込まれていく。
そして着弾。
岩でできた身体は粉砕したかのごとく崩れた。
「距離も威力も問題ナシ。うん、テスト成功だ」

無事に射撃テストが終わったことを確認して、アンチマテリアルライフルを片付けた。

一応、遺体の確認がてらロックゴーレムのもとまで行った。

ロックゴーレムの魔石は、まあまあ貴重なので回収しておく。

一部始終を目撃していたアリスティが驚嘆していた。

「アンチマテリアルライフル……でしたか。なんというか、常軌を逸した武器ですね」

「魔物を狩るのに便利でしょう？」

「便利というレベルではありませんよ。弓や魔法弾に比べて、射程と速度がおかしすぎます……音響兵器といい、地球産の武器は規格外のものが多いですね」

「私に言わせれば、魔法もなかなか規格外だとは思いますけどね」

魔法はいずれ科学を超え得る存在だ。

そもそも【射撃補正の指輪】というチート指輪だって、そんな魔法の産物である。

まあ今の異世界の魔法は、一部がチート性能なだけで、まだ科学の足元にも及ばないことがほとんどだが……

「そういえば、その音響兵器も、もう1つ作っておきたいですね」

現在の音響兵器は音波が【全方位《ぜんほうい》】に飛んでいく。

しかし、全方位じゃないほうがいいこともある。

全方位だと、敵味方関係なく、近くにいた者を全員照射してしまうからだ。

だから【全方位】ではなく【単方位《たんほうい》】に照射できる音響兵器も製作。

これのテストも行っておく。

―――無事完了。

満足顔で、私はキャンピングカーに戻った。

キャンピングカーを走らせる。

関所を通り、【ノルン侯爵領《こうしゃくりょう》】に入った。

侯爵領の街道を走る。

途中、村を発見したので立ち寄る。

名前はルーナ村だ。

宿を取ると、たまたま居合わせた旅人から、こんな話を聞けた。

「この村の南東には大きな森が広がっていてね。そこの魔物は、だいたい肉が美味《おい》しいんだ。あと、綺麗《きれい》な湖がいくつもある。とても穏やかな森だよ」

私は、この話を心の中でメモした。

そして翌日。

キャンピングカーで、旅人の語った南東の森へと向かった。

この森は【ルーナ大森林《だいしんりん》】と呼ばれており、広大な森林地帯が広がっている。

森の手前でキャンピングカーから下車する。

キャンピングカーをアイテムバッグに片付けてから、アリスティと2人で森の内部へと足を踏み入れた。

旅人の語った通り、非常に穏やかな森であった。

草木が思い思いに枝葉を伸ばしているものの、足元は歩きやすく、視界も良好だ。

どんどん奥へと進んでいく。

途中、湖を発見したので、清水タンクの補給をしようと思ったが、やたらと魔物がたむろしていたのでスルーした。


――ゆっくりと時間が過ぎ、日が暮れて夜。

その日は適当な場所を見つけて、森の中で野宿することにした。

焚《た》き火を囲んで、食事を食べる。

このとき私は【生物除《せいぶつよ》けの魔法水晶《まほうすいしょう》】を開発した。

この水晶に魔力を送り込むと、生物が入ってこれなくなる結界を展開できる。

つまり蛇や虫除けなどに使えるアイテムだ。

ちなみに、すでに結界内にいる生物も、速やかに結界の外に出て行く。

ただし、魔物を弾《はじ》く結界ではないので、魔物だけは自力で対処しなければならないが……。

まあ、十分だろう。

私は魔法水晶を使って結界を張り、快適に食事を食べる。

そして食後、テントを設営して眠りについた。


2日目。

朝、テントの中で起床する。

外に出て、焚き火で食事を作ってから、朝食。

それを食べ終わると、テントを片付けて出発した。

森の中を、歩く。

朝の森は涼しく、踏みしめる地面はひんやりとしていた。

柔らかな陽光が木々の隙間《すきま》を通して、森の中へと降《ふ》り注《そそ》いでくる。

何匹か魔物と遭遇したが、凶暴ではないタイプのようで、襲ってこなかった。

数時間後、また湖を見つけるが、池のように小さいものだったのでスルー。

さらに森を歩き続ける。

時は巡り……

昼になった。

ここでようやく、手頃な湖を発見することができた。

「綺麗な湖ですね」

アリスティは、湖のほとりに立ってそうつぶやいた。

森に囲まれた湖。

そこそこ大きい円形の湖だ。

半径70メートルぐらいはあるのではないだろうか。

湖の上空には快晴が広がり、浮かぶ太陽が、水面《みなも》にきらきらとした陽光を落としている。

湖面は穏やかに凪《な》いでおり、波の一つも立っていない。

私は言った。

「ここにキャンピングカーを出しましょう」

森と湖のあいだに、30メートルほどの空間があり、丈の低い雑草が芝生のように生い茂っている。

そこにアイテムバッグからキャンピングカーを取り出した。

そして給水ホースと浄水装置を設置。

ゴーレムを使役して、湖から清水タンクに水を補給していく。

——その日から私たちは、しばらく湖のそばで羽を休めることにした。

まあ、この1ヶ月、いろいろあったからね。

……汚職事件の罪を着せられ、投獄され。

……国外追放の命令が下り。

……屋敷を追放され。

……フレッドと戦い。

……そしてカラミア公国を超えてリズニス王国へ。

いやあ、本当に色々あった。

これがわずか1ヶ月間の出来事なんだから、驚きだ。

いくらなんでも濃厚すぎるよね。

だから、ちょっとのあいだ、休暇を取ってもいいと思った。

リズニス王国まで来れば、追っ手も来ることはないだろうし。

のびのびと休養ができる。

（……あと、キャンピングカーも改良したいしね）

頭の中に改良案がいろいろ蓄積している。

人目のないこの湖は、キャンピングカーの改造を行うには最適な場所だろう。

アリスティにも以上のことを話すと、賛成してくれた。

「そうですね。しばらく心と身体を休めたほうがいいと、私も思います」

というわけで。

この穏やかな湖のそばで、私たちのスローライフが始まったのである！

まずは湖に到着した初日。

この日は清水タンクに水を補給してから、一日中、キャンピングカーの中でだらだらと過ごした。

錬金魔法でのクラフトさえしなかった。

ただ、何も考えずに、ぼうっと過ごした。

翌日。

この日も、何もする気はなかった。

ただ、近くにある樹木を眺めていると、私はふと思いついたことがあった。

アイテムバッグに集積した素材たちを使って、アイテム錬成をする。

作ったのは綱である。

それを2つの木の間に引っ掛け――

ハンモックの完成だ！

「お嬢様……これはなんでしょう？」

アリスティが尋ねてきた。

「これは、ハンモックというんですよ。こうやって使うんです」

私はハンモックの上に寝転ぶ。

そして全力で脱力して、ハンモックに身体を預けた。

「ふう……」

深呼吸をする。

そしてつぶやいた。

「……ええと、つまり、のんびりと寝転ぶための網ということでしょうか？」

「そういうことですね」

アリスティが納得する。

私は言った。

「アリスティ、サイドテーブルと林檎《りんご》のジュースを用意してください。このハンモックのそばに置いてもらえると嬉《うれ》しいです」

「かしこまりました」

アリスティがキャンピングカーに戻っていった。

指定の物を持ってきて、ハンモックの横に置いた。

私はハンモックに横向きに座って、林檎ジュースを飲む。

ほろりと甘酸っぱい林檎の味が口に広がった。

「はぁ……湖を眺める場所でのハンモック。最高ですね」

しばし、のんべんだらりとした後で、アリスティに尋ねる。

「アリスティも使ってみたいですか？」

「ハンモックをですか？」

「はい」

「いえ、私はメイドですし、主《あるじ》と同じように気を休めるのはよろしくないかと……」

「メイドの仕事については、まあ……私が用事を言ったとき以外は、適当にしててくれて構いませんよ」

この湖のスローライフについては、アリスティの休養も含まれているつもりだ。

最低限、メイドとしての仕事はやってもらいたいけれど、それ以外の時間は、気兼ねなく過ごしてもらいたい。

「まあとりあえず、もう1つ作りますね」

そう言ったあとで、私はアリスティ用のハンモックを作ってあげることにした。

それを、樹木に設置する。

サイドテーブルも設置しておいた。

「このハンモックはいつでも、好きなときに利用してくれて構いません。存分に羽を休めてください」

「お嬢様……。はい、ありがとうございます。ではお言葉に甘えて、利用させていただきます」

アリスティはおずおずとハンモックに寝転んだ。

そのとき私はふと思い出した。

（おっと、結界を張るのを忘れてたよ）

私はすぐに【生物除《せいぶつよ》けの魔法水晶《まほうすいしょう》】を使用して、結界を張った。

これでキャンピングカーの周辺には結界が張られ、蛇や虫などの生物は侵入不可能となる。

同時に、現在、結界の中にいる生物たちも、たちまち外へ逃げていくだろう。

そんなふうにして、スローライフ2日目が過ぎていった。


――3日目。


私は車の充電をする方法を考えていた。

一般的にキャンピングカーは、走っていれば勝手に電気が貯《た》まっていく（走行充電）。

その電気を使って、車内にある家電を動かすという流れだ。

しかし、今は駐車したままで走っていない。

走らなければ電気は充電されない。

失われていくばかりである。

だから、走行充電とは違う方法で充電しなければいけない。

候補としては、やはり発電機がベストだろう。

なので発電機をつくり、床下に2個設置しておく。

これで電気の心配はなくなるだろう。


そしてスローライフ6日目。

この日は、私の誕生日だった。

20歳になる。

まあ、だからといって誕生日を祝ったりしなかったけどね。

この異世界では、数百歳、数千歳と生きる人も多いので、いちいち誕生日を祝ったりしていられないのだ。

なので祝うとしたら、デビュタントのような祝い事のときだけだ。

ただ……

（20歳になったからお酒が飲めるね！）

そう思った。

明日からお酒づくりをやろうかと、私は真剣に考え始めた。

スローライフ7日目。

お酒づくりをしようと思ったけど……

それよりなんとかしたい問題があった。
お風呂《ふろ》である。
「湯船に浸かりたい……！」
キャンピングカーのリビングに座って私はつぶやいた。
このキャンピングカーの浴室はシャワールームである。
ゆえに、車中生活が始まってずっと、シャワーしか浴びてない。
浴槽に浸かっていないのだ。一度も！
だから私は、お風呂に入りたい欲求がムクムクと高まっていた。
なのでキャンピングカーを改造して、浴槽を製作することにした。
「というわけで……ちょっとお風呂を作ってきますね」
「……え？」
私の言葉に、アリスティがきょとんとしていた。
私はさっそく浴室に向かって準備を始めた。
（問題はスペースですね……）
最初にキャンピングカーを設計したとき、浴槽を作る構想がなかった。
そのため浴室は、シャワーを浴びるためだけのスペースしかない。
めちゃくちゃ狭いのだ。
ここに浴槽を設置することは不可能だ。

「スペースを広げるとなると……」
隣の部屋を削って、浴室を拡張し、浴槽のスペースを確保するしかない。
浴室の隣にある部屋はリビング。もしくは、アリスティの寝室。
寝室を削るのはひどいと思うので却下。
ならばリビングを削るか。
あ……！
そうだ、ちょうどいいスペースがあるじゃない！
(座席の後ろ……背もたれを倒すために、スペースを空けておいたんだった)
ここを削れば浴槽を作れる。
代わりに、座席の背もたれを倒すことができなくなるが……
まあ、別にいいよね。
「よし、そうと決まったら仕様を考えよう」
キャンピングカーの中をうろうろと歩きながら、思考の海に潜る。
新しいお風呂の仕様は、とりあえず以下の3つでいいだろう。
(1) 足が伸ばせて、肩まで浸かれる大きさの浴槽。
(2) お湯が沸いたことを知らせてくれるアナウンス音。
(3) 温度調節や追い炊きの操作ができる壁面パネル。
さて、あとは周辺設備だ。

――第一に、水が今まで以上に必要になる。

清水タンクと排水タンクを増設しておかなければいけない。

それにあわせて、水道の配管も増やしておかないと。

――第二に、換気と乾燥の仕組み。

水気をたくさん使うなら、言うまでもなく乾燥設備が必要だ。

換気や乾燥をちゃんとやらなければカビが生えてしまうからね。

――第三に、これが最も重要だけど……

入浴剤が必要です!!

これが一番重要！　間違いなく！

(あとは風呂桶《おけ》と浴槽のフタと、お風呂の掃除用具あたりを揃《そろ》えておけばいいでしょうか)

だいたい構想は固まってきた。

よーし。

さっそく工事を始めてしまおう！

作業する。

作業する。

作業する。

あー。

やっぱり、ものづくりって、めちゃくちゃ楽しいね。

夢中になって時間を使っちゃうよ。

私は脳に気持ちいい酸素が巡るのを感じながら、作業を進めていく。

作業する。

作業する。

と、あらかた風呂のカタチが出来上がってきたとき。

窓があったほうがいいかな、と私は思った。

外の景色を眺めながら風呂に入るって優雅だよね。

ただし外に人がいたときは、窓を閉められるように、シャッター付きにしておいたほうがいいな。

急遽、窓を作る構想も入れつつ、作業を進める。

……そして2時間後。

工事は完了した。

「うう、思ったより時間がかかってしまいました……」

キャンピングカーは1時間で作れたのに。

一から作るより、出来上がったものを後から改築するほうが大変だと、痛感してしまった。

いや……言い訳かな。

私が未熟だから、工事に時間がかかったのだ。

次があれば、せめて30分で終わらせられるように精進しよう。

「お風呂、できました！」

さっそくアリスティに報告する。

そして使い方などを説明した。

アリスティは言った。

「本当にお風呂を作ってしまったんですね……」

もはやアリスティは呆《あき》れを通り越して、ちょっと引いていた。

しかし、湯船に浸かれるのは有難《ありがた》い……

ということで、最終的には喜んでくれた。

「入浴剤は、とりあえず柚子《ゆず》、薔薇《ばら》、バニラ、カモミール、ローズマリーを作っておきました」

「十分かと思います」

「まあ、まだまだ作りたいですけど、今日はこのぐらいで」

他の入浴剤のアイディアは、今作ったものがなくなってからチャレンジしよう。

こうして、キャンピングカーの風呂工事は終了したのだった。

＜ブランジェ家の視点＞

昼。

晴れ。

ブランジェ領主邸。

その執務室で、エリーヌの母であるディリス・フォン・ブランジェは狂乱していた。

軍人であるディリスの使うこの部屋は、いつもなら、静かな雰囲気がただよっている。

しかし現在は、荒れた空気が充満していた。

「エリーヌを殺せ……ッ！！」

憎悪と怒りを極限まで詰め込んだディリスの声が響き渡った。

その場には、
ブランジェ家の執事、
軍の小隊長、
そしてローラがいた。

——ローラ・フォン・ブランジェ。

青色の髪と、緑色の瞳《ひとみ》を持つ、エリーヌの姉である。

狂乱するディリスを前に、ローラは落ち着き払っていた。

しかしローラ以外の２人は、ディリスの剣幕に震え上がっている。

ディリスはもはや、正気を失っていた。

「探し出して殺せ！　あのクズな娘を、なんとしても始末するのよ!!」

「お母様」

ローラが静かに声をかける。

しかしディリスは呼びかけには応《こた》えず、髪を振り乱す。

「私の、私の可愛《かわい》いフレッドが……!!　ああああ、どうして!?　どうしてフレッドが死ななくちゃいけないの!!」

――フレッドの死。

つい今朝方、早馬によってその情報がもたらされた。

それから夕方まで、ずっとディリスはこの調子だ。

しかしローラもまた、ディリスの乱心ぶりには、ローラも半ばうんざりしていた。

単純に、血を分けた兄の死が驚きだったというのもある。

だが、何より驚いたのは、兄を殺したのがエリーヌだということだ。

にわかには信じられない情報だった。

しかし、ディリスの様子を見る限り、真実なのだろう。

(察するに、国外追放となったエリーヌに刺客が差し向けられた。その刺客がフレッド兄さまだった)

そしてフレッドはエリーヌと戦い、返り討ちに遭った。

おおよそ事情はこんなところだ。しかし、やはりそれは信じがたい事実だった。

あの才能豊かな兄が、エリーヌに敗北するなど誰《だれ》が想像できようか?

――エリーヌにはアリスティが付いている。

一流の軍人であるアリスティ。

彼女ならばフレッドに打ち勝つことは不可能ではない。

ただ……今回の報告は、少し毛色が異なる。

アリスティの存在だけでは説明のつかないものだ。

なぜなら、フレッドの配下であるセラスもまた、皆殺しにされていたからだ。

いかにアリスティが優れていようと、単身でフレッドとセラスを全滅させるなど不可能だ。

ランヴェル帝国最強の精鋭と名高いセラス。

その強さはローラもよく知っている。

だが――実際に彼らは敗北した。

どのようにして負けたのか？

わからない。

なぜなら、フレッドとセラスの遺体は焼却されていたからだ。

そのせいで正確な情報が読み取れなくなっている。

（遺体を焼却したということは、何かを隠したかったということよね）

我々、ブランジェ家の軍人が、殺した遺体を焼却する理由。

それは多くの場合において、情報を持ち帰らせないためである。

つまり証拠隠滅だ。

ちなみに、そんな状態だったから、遺体がフレッドとセラスのものであると断定されるまで、多少の時間を要した。

焼却された遺体が、いったい誰であるかを特定するのは簡単ではない。

今回の場合、遺体に残留した魔力がフレッドたちのものだったということで、断定ができた。

（エリーヌは……なんらかの兵器を用いたのかしら？）

ローラは推測する。

アリスティだけではフレッドとセラスを全滅させることは不可能。

とするならエリーヌが何らかの兵器でフレッドとセラスを討伐したと見るべきだ。

そして全てが終わったあと、兵器の存在を知られないために、遺体を焼却した……

しかし、この推理には疑問点があった。

（エリーヌはその兵器をどこから用意した？　フレッドやセラスを全滅させる兵器があったら、ブランジェ家が把握してないはずがないのに）

ブランジェ家は軍の名家だ。

新しい兵器が生まれたとき、真っ先に情報を得られる立場にある。

だからエリーヌが新兵器を手に入れたのなら、自分たちが把握しているはずだった。

……と、ここでローラは、すぐに答えを導き出す。

（いや、そうか。アリスティが用意したんだわ。そう考えるとつじつまが合うわね）

エリーヌではなく、アリスティが兵器を用意し、フレッドたちを全滅させた。

ローラはこのように推定する。

それだと矛盾はないからである。

――もちろん、ローラの推理は間違っている。

しかし彼女は、凡庸なエリーヌが、まさか音響兵器などという未来技術を開発したとは、夢にも思わない。

ローラは情報を積み重ねて、あくまで現実的な結論に辿《たど》り着いただけだ。

（まあどんな方法で殺したにせよ、フレッドの死は自業自得ね）

ローラはそう思った。

フレッドが死んだことには驚いた。

しかし、ローラはむしろエリーヌ寄りの立場だ。

エリーヌに対して冷たく扱ってきた母と兄のやり方には、もともと否定的だった。

第一、今回もフレッドから襲撃を仕掛けたのだろう。

その上で返り討ちに遭ったのなら、同情の余地もなかった。

「あぁ、フレッド……なんて可哀想《かわいそう》なの」

しかしディリスは、フレッドにひたすら肩入れしていた。

「立派な葬儀をしてあげるわね、フレッド。それから、私があのクズな娘を殺して、きっと仇《かたき》を討ってあげるわ」

「お母様」

ローラは再度呼びかける。

「今はエリーヌに構っている余裕はありません」

「……なんですって？」

「フレッド兄さまの死によって、ブランジェ家は窮地に陥《おちい》るでしょう。早急に対処しないと、大変なことになります」

フレッドは尊大な男だった。

しかし、抜きんでた実力があった。

だから現在のブランジェ家は、その大部分を、彼の功績に依存していた。

けれど、それがあまりにも突然、失われてしまったのだ。

大損害、というレベルではない。

ここで対応を誤ると家が傾くだろう。

しかし、ディリスは反論をした。

「だから、ブランジェ家を陥れようとしたエリーヌを殺せって言ってるんでしょう!!」

その言葉に、ローラはため息をつく。

話がかみ合っていない。

ディリスは事の重大さを理解していないのではないか。

「いや、ですから、お母様――――」

「とにかくエリーヌを殺すのは最優先事項よ!!　軍を差し向けても構わないわ！」

「いえ……今から追いかけても、エリーヌは国を出ているでしょう。殺すのは無理かと」

「だったらカラミア公国に捕縛と引き渡しの要求をするのよ！　公国を脅しても構わないわ！」

「お、お母様……!?　何をおっしゃってるんですか！」

脅すなんて……そんなことをしたら国際問題になる。

さすがに容認できない発言だ。

――ただ、実際はすでにエリーヌたちはカラミア公国すら越えて、リズニス王国にいる。

キャンピングカーの移動速度を知らないディリスとローラは、そんなことを知る由《よし》もなかった。

「うるさい！　とにかくあのクズを捕まえて殺しなさい！」

ディリスは聞く耳を持つ気はないようだった。

エリーヌを殺せ。

その一点張りだ。

この母に、このまま家の舵取りを任せて大丈夫なのか？

そう思いつつ、ではどうすればいいのかと悩み、ローラはため息をつくばかりであった。

（エリーヌを見捨てたから、ばちが当たったのかしらね……）

エリーヌの国外追放が決まった汚職事件。

その真犯人がディリスであることを、ローラは知っていた。

しかしフレッドに睨《にら》まれ、エリーヌを助けることができなかった。

結局、見捨ててしまったのだ。

そのことをローラは後悔していた。

（これは私の罪滅ぼしのチャンスかもしれない）

エリーヌを助けてあげられなかった罪。

それを償いたいと思った。

もしエリーヌと再会したとき、ちゃんと顔向けができるように。
そのためには口先の謝罪じゃダメだ。
行動で誠意を示さないと。
そう、つまり――
（母上を告発する……！）
そして自分の手で、エリーヌの無実を証明するのだ。
それは巡りめぐってブランジェ家のためにもなることだと、ローラは思う。
今の母上では、ブランジェ家の舵取りはできない。
いや……
汚職なんてやった時点で、ディリスは名家の主《あるじ》としての資格を、とうに失っている。
早急に彼女を排除して、ブランジェ家の浄化を図るべきだ。
（まずは告発のための証拠集めね）
勘の鋭いフレッドはもういない。
母上は復讐《ふくしゅう》に燃え、周りが見えなくなっている。
ならば……証拠集めは難しくないはずだ。
ローラは静かに決意を固めた。
そうしてローラは執務室を退室した。
屋敷の廊下を歩いていると、ブランジェ家が雇っている執事の1人に呼び止められた。

「ローラ様。ご報告したいことが」

「ん？　何かしら？」

「実は……」

執事は報告する。

なんでも、不審な『物体』が街道を走っていたとか。

その物体は、馬車のようにも見えたが、馬車よりも速く移動していたという。

主に街道を利用していた旅人や冒険者から目撃情報が挙がっており――

一方で、街や村の住人からは、ほとんど目撃されていないとのこと。

「もしかすると新種の魔物かもしれないと思い、お耳に入れておきたいと」

「それはいつごろ目撃されたものかしら？」

ローラの質問に、執事が答える。

執事によると、『物体』が出現したのは、ちょうどエリーヌが屋敷を出たころの時期だった。

「なるほど……ちなみに、その『物体』に襲われた人は？」

「報告にはありません」

ふむ。

馬車のような魔物、か。

人を襲わないなら、魔物ではなく、新型の馬車なのだろうか？

現時点では情報は少ない。

ただ……。

(目撃時期が、フレッドとエリーヌが交戦した時期と重なっている、か)

それが気がかりだった。

さっきは、アリスティがフレッドを殺した、という結論に辿り着いたが……

実際は、その不審な『物体』がフレッドを始末した可能性もあるか？

人を襲わないそうだが、絶対とは言い切れない。

仮にそうだとすれば、相当危険な『物体』であると言えるだろう。

——もちろん、その『物体』とはエリーヌが乗ったキャンピングカーのことなのだが、ローラは知る由もない。

「わかったわ。その不審な『物体』の足取りを追ってちょうだい。もちろん、聞き込みなどの情報収集も並行して」

「はっ。承知いたしました」

執事が去っていく。

それを見送り、ローラも自分の仕事へと戻っていった

＜エリーヌ視点＞
風呂工事を終えた、その夜。
実際にお風呂を使ってみた。

入浴剤は、柚子を使用する。
柚子のさわやかでさっぱりとした香りが、浴室の外にまでただようほど充満する。
さて、入浴。
シャンプーで頭を洗ってシャワーを浴びてから、湯船に入る。
「おー。温かい」
そのまま肩まで浸かる。
お風呂はしっかりと温《ぬく》まっていた。
いやー。
極楽だ。
キャンピングカーでのお風呂。
これはたまらないね。
ちなみに。
浴室には窓を設置しておいた。
ここから野外の景色を眺めることができる。
もちろん、窓の外に誰かいたときは即座に閉められるように、シャッター付きだ。
……まあ、こんな夜の湖に誰かがいるわけないので、現在は開けっぴろげだが。
「良い月だねぇ」
窓から眺める景色を見て、そうつぶやく。

窓の外には、凪いだ夜の湖が広がっている。
天には夜空。
赤や青、黄色の星が燦然《さんぜん》ときらめく満天の星空だ。
そして浮かぶ2つの月。
その双月は蒼《あお》い光を放ち、地上のあらゆるものを照らしていた。
さらに、月影が湖面に落ち、幻想的な光景を作り出している。
ため息が出るほど美しい。
お風呂に入りながら、眺めるファンタジーの星月夜。
なんて贅沢《ぜいたく》なんだろうか？
(柚子も良い香り……入浴剤を作って正解だった)
私はお風呂の水をすくった。
甘酸っぱい香りにうっとりする。
癒《い》やされる。
心がどんどんリラックスしていき、身体が解きほぐされていく。
私はひとつ深呼吸をし、
思いきり脱力して。
湯船での久しぶりの入浴を、存分に満喫した。

――――湖でのスローライフ、8日目。


この日、私は湖について調べることにした。

たとえばだけど……

湖の中に、うっかり巨大な魔物とか住んでたりしたら怖いよね。

いきなり襲撃されたらビビりすぎて対処できないかもしれない。

なので、湖の中がどうなっているのか把握しておこうと思ったのだ。

まあ、別に難しいことをするつもりはない。

ビデオカメラを用意して、ゴーレムに持たせ……

湖の中をゴーレムに巡回させればいいだけだ。

というわけで、耐水仕様のビデオカメラを製作する。

作り方はわかっていたので、パパッと作ってしまった。

湖の前に立つ。

ゴーレムを召喚して、ビデオカメラを持たせる。

そして、湖の中を1周して帰ってくるように命じた。

(これでもしゴーレムが帰ってこなければ、水中に危険な魔物がいる可能性が高いね)

錬金魔法で創ったゴーレムは、魔物の攻撃対象である。

魔物は、野生のゴーレムと、錬成されたゴーレムを明確に区別している。

だからゴーレムが湖から帰ってこなければ、魔物に襲撃されて壊されたと考えたほうがいいだろう。

（まあとりあえず行ってきてもらおう）

私はそう思って、言った。

「じゃあ、よろしくお願いしますね」

ゴーレムはうなずく。

そして湖に入っていった。

ゴーレムの姿が完全に水中に消えてから、私は背後を振り返る。

すると、アリスティが樹木の下のハンモックで寝転んでいるのが見えた。

アリスティは、ハンモックを設置したその日から、完全にハマってしまったらしく……

毎日のようにハンモックでくつろいでいる。

あんなに隙だらけのアリスティを見るのは久しぶりだ。

まあ……アリスティにも存分に羽を休めてもらいたいと思っていたから、安らいでいるならよかった。

さて、10分後。

ゴーレムが帰還した。

湖から水をしたたらせながらゴーレムが現れる。

特に傷を負った様子もなく、無事のようだ。

（おお。無事だったか。ということは、湖の中に魔物はいない感じかな？）

絶対とは言い切れないが、その可能性は高い。

まあ、本当のところどうなっているのかは、カメラで記録した映像に映し出されているだろう。

私はゴーレムからビデオカメラを受け取る。

「お嬢様？」

そのときアリスティが声をかけてきた。

「何をなさっておられるのですか？　そのゴーレムが、湖から上がってきたように見えたのですが」

「ええ。湖の中を調査させていました」

「調査、ですか……？」

「そうだ。アリスティも一緒に確認してください。このカメラに、湖の様子が映っているんです」

「え？　はい？」

意味がわからないとばかりに、アリスティが首をかしげる。

私は、アリスティに『録画』という技術について説明した。

すると、アリスティが、

「さすがにそんな技術があるとは信じられません」

と困惑を示した。

なので、実際に見てもらうことにした。

キャンピングカーの車内に入る。

テーブルに、横に並んで座る。

そしてテーブルにビデオカメラを置いて、録画映像を起動した。

映像が映し出される。

「こ、これは……っ」

アリスティが驚愕《きょうがく》していた。

映像は、ゴーレムが私からカメラを受け取るところから始まっている。

そして、湖に歩いていき……

やがて、カメラが湖の中に入る。

水中の映像が映し出される。

大小さまざまな魚たちが泳いでいた。

濁りがほとんどない、美しい湖だ。

太陽の光が、水面から湖の中へ、レンブラント光線のように射《さ》し込《こ》んできている。

アリスティは声を失っていた。

やがて、ぽつりとつぶやいた。

「こんな技術が……本当に？」

「まあ、前世の技術ですけどね」

「これは、あの湖の中を記録して、映しているんですよね？」

「はい。その通りです」

アリスティは、もはやドン引きしていた。

よほど衝撃的なテクノロジーだったようだ。

アリスティは聞いてきた。

「あの……お嬢様の前世って、この技術が当たり前に存在したんですか？」

「ん、そうですね。水中の映像を撮るのは、普通に行われていたことですよ」

「普通……ですか。最近、普通とは何か、わからなくなってきました。とにかく『録画』という技術については、異常すぎて、言葉も出ませんよ」

「いや、でも、録画は庶民でも当たり前に行っていましたよ。キャンピングカーより全然普及していた技術ですね」

「日本という国における庶民とは、本当に庶民なんですか？　実は王侯貴族だったりしませんか？」

「いや、庶民ですね」

私は答える。

しかしアリスティは、納得がいかなさそうにしている。

お風呂と入浴剤。

録画。

自動車。

こういった技術が存在することも、こういった技術が庶民でも普通に手に入るということも、アリスティにはとてつもない異常事態に思えるそうだ。

私は言った。

「でも、便利でいいじゃないですか。湖に入らなくても、水中の様子がわかるんですから」

「……まあ、それは同意いたします。海や湖に潜るのは、命がけであることも多いですからね。潜らなくて済むならそれに越したことはないでしょう」

それっきり、私たちは水中の映像に注目し、黙り込んだ。

ゴーレムがどんどん深い位置へと進んでいく。

湖の内部はすり鉢のような形状をしており、ゴーレムの正面はゆるやかな下り坂となっていた。

深さは10メートル～20メートルほどのようで、すぐに湖底へと辿り着く。

太陽の陽射《ひざ》しが湖底を照らしている。

暗くなっている部分なんてほとんどない。

透き通るような透明の水が、どこまでも広がっている。

水棲植物がところどころに点在して生えている。

泳ぐのは魚ばかりだ。

魔物らしき姿は見当たらない。

ゴーレムが歩き出す。

あとは似たような景色のオンパレードだ。

結局、何事もなくゴーレムが湖を1周した。

そして湖から上がる。

私は言った。

「この湖は安全みたいですね」

「はい。そのようですね」

アリスティも、同意する。

危険のない湖で、ひと安心である。


――スローライフ10日目。


晴れ。

朝。

私はこの日、コーヒーノキを使ってコーヒーを作ることにした。

とはいっても。

別に特別なことはしていない。

コーヒーノキを、錬金魔法でコーヒー豆に変換しただけだ。

さらに粉末状にして瓶詰《びんづ》めにする。

錬金魔法は、こういう加工処理を一瞬で行ってくれる。

以前にデミグラスソースを作ったときと同じだね。

これで今日からコーヒーが飲めるようになるよ!

その日の昼。

熱湯を作るために給湯ポットを製作する。

同時にコーヒーカップ、ミルクポット、シロップと砂糖も錬成した。

ミルクポットにはミルクを入れておく。

そして粉末にしたコーヒー豆を袋に入れて、コーヒーカップに引っ掛ける。

沸かした給湯ポットから熱湯を注いだ。

少し飲んでみる。

うん……苦い。

でもコーヒーだ。

「これでコーヒーの完成ですね」

さっそくアリスティにも試飲してもらうことにしたが……

「本当に……美味しいです。私、これはやみつきになってしまいそうです。お茶よりも、こちらのほうが断然好きですね」

と絶賛された。

――――スローライフ12日目。
私はキャンピングカー車内でお酒を作る。
お酒もまた、錬金魔法の加工処理で一瞬である。
とりあえず、
ビール。
ワイン。

清酒。

以上の3種類を作っておいた。

魔法防腐剤をかけて、ボトルに入れ、保存しておく。


――――スローライフ13日目。


昼。

晴れ。

湖から少し離れた森の中。


「ふっ!!」

アリスティがイノシシ型の魔物を蹴《け》り殺す。

そして素早く解体して肉をゲットした。

「肉は現地調達が容易ですから、ラクでいいですね」

私はそう感想を述べる。

ここに来てから消費している食料は、主に2つであった。

1つはアイテムバッグに買いためた食料。

もう1つは、現地で倒した魔物肉。

湖周辺の森には、魔物がちらほらと現れるので、それをアリスティが処理をして、肉を確保するのだが……

結構大型の魔物もいる。

そういうのは1匹倒せば大量の肉が手に入る。

今アリスティが倒したボロッグイノシシも、そのタイプだ。

体長は3メートル、高さは2．5メートルほど。

これほどの大物となると、むしろ肉を消費するのが大変なほどだ。

（まあ、防腐剤があるので、腐らせることはありませんけどね）

実は最近、【魔法防腐剤《まほうぼうふざい》】を改良した。

現在は3ヶ月は一切《いっさい》食材を腐らないようにできる。

そして3ヶ月が経《た》てば、もう一度、防腐剤をかければいいだけなので、実質永久保存が可能であった。

その夜。

肉と一緒にビールを飲む。

ただしここで不満があった。

ビールがぬるいのである。

異世界では、冷たい飲み物を飲みたいと思ったとき、専門の氷魔法使いがいれば、冷やすことも可能だ。

なんなら錬金魔法でもできなくないのかもしれない。

ただ……

面倒だよね。

いちいち飲むたびに冷やす処理をするなんてさ。

最初から冷えていればラクでいい。

というわけで、食後。

私は冷蔵庫を作ることにした。

まあ冷蔵庫の仕組みなんて簡単なので、一瞬で錬成して完成させる。

上二段が冷蔵室、下二段が冷凍室となる冷蔵庫だ。

これで食べ物や飲み物を冷やすのはラクになったね。

この冷蔵庫はキッチンの横に置いておく。

さっそく中に、冷やしたいものを突っ込んでおいた。


――スローライフ15日目。


昼。

晴れ。

キャンピングカーの外、湖のほとり。

私は、ピアノを作ることにした。

実は前世において、私は、ピアノを習い事にしていた。

工学や勉学が最大の関心事ではあったが、それ以外では、ピアノを弾くことだけは趣味として続けていた。

ピアノ歴は10年ぐらいである。

大抵のクラシック曲はソラで弾けるし、メロディさえ覚えていれば、楽譜がなくても演奏することが可能である。

「……できた」

作業を始めてから、10分ほどでグランドピアノが完成する。

さらに5分で、ピアノ椅子《いす》を製作する。

その椅子に座って、鍵盤蓋を開けた。

試しに音を鳴らしてみる。
ド、レ、ミ、ファと鳴らして、正しく音が鳴ることを確認する。
黒鍵《こっけん》も叩《たた》いてみると、心地よい音が響いた。

「うん……いい感じ」

バイエルとアルペジオで指の体操をする。

そのとき、ピアノの音に気づいたのか、アリスティがキャンピングカーから出てきた。

私のそばまで近づいてくる。

「お嬢様？　これは……？」

「これはピアノと言います。前世の楽器ですね」

「ピアノ……ですか。見たことがない楽器ですね」

この異世界にピアノは存在しない。

でも、それは不思議なことじゃない。

そもそもピアノは、地球の歴史においても比較的新しい時代に生まれた楽器だ。

近世末期や産業革命以降から活躍しはじめた楽器。

この世界の文明レベルが中世ヨーロッパだとするなら、ピアノが発明されていなくてもおかしくはないだろう。

「前世ではとてもメジャーな楽器でした。今から1曲弾きますので、良かったら、聴いてください」

「はい。是非、聴いてみたいです」

アリスティがそう述べる。

私は、ピアノに向き直る。

楽譜はない。

でも記憶だけで十分弾くことができる。

深呼吸をひとつ。

集中力を高め。

私は、鍵盤の上に指を走らせ始めた。

実はこのときのために、10曲ほどであるが、日本語の曲を、ランヴェル帝国語の歌詞に翻訳しておいた。

もちろん、フレーズと音が一致するように調整を行った上で……だ。

その中から1曲、選曲する。

私が選んだ曲は、前世で好きだったボーカロイド。

努力をしたけれど報われず、才能が開花しないことに疲れてしまった……そんな歌詞の曲。

まさにエリーヌにぴったりの曲である。

単に弾くだけではない。

歌いながら、ピアノを演奏する……

つまり弾き語りである。

ちなみに――

前世の私は、歌がド下手であった。

カラオケの音程バーを外すことに関しては、天性の才能を持っているほどだ。

孤独ゆえに友人とカラオケに行くことはほとんど無かったが、もし友達が多ければ、カラオケをどう断るかにひどく悩んだことであろう。

それに対して。

エリーヌは、逆だ。

エリーヌは超がつくほど歌が上手《うま》い。

驚くべき音域の広さと、オペラ歌手のような力強い歌声を発することができる。

もし、軍人でなければ、聖歌隊や声楽の道で食っていくこともできたのではないかと思うほどだ。

そんな、エリーヌボイスに乗せた私のボーカロイド曲は、まさに女神の歌。

ボーカロイドの異常な高音域も、のびのびと歌いあげる。
歌う。
歌う。
歌う。
サビに入る。
私は、深く、演奏と歌に集中していた。
アリスティの存在は一時忘れ、自分の世界に没頭する。
ピアノの音が空気に溶けていき、歌声が天へと昇る。
音の世界に溶け込んでいく快感と夢心地。
そして、演奏が終わりを迎えた。
「ふう……」
ひと息ついて、余韻に浸る。
そのとき。
「……!」
拍手の音。
見やると、アリスティが手を叩いて賞賛を示していた。
……というか。
「な、泣いてる⁉」

なんと、アリスティが拍手しながら、はらはらと涙を流していた。

ええぇ……。

私は、驚いて固まってしまった。

「こんなの、そりゃ、泣くでしょう……！」

アリスティが目元をぬぐいながら言った。

「普通の声楽曲を歌うのかと思いきや……なんですか、今のは。いくらなんでも卑怯《ひきょう》ですよ」

ああ。

まあ、この時代の歌といえば、声楽曲がほとんどだよね。

だから現代的な歌を聴くのは、アリスティも初めてだったのだろう。

それにしても、泣くほどとは思わなかったが。

「お嬢様が、天使のごとき歌声をお持ちなのは、存じています。でも、言葉に感情を乗せて歌うことで、より破壊力が増しましたね。ピアノという楽器も、本当に美しい音色で……これほどの歌と演奏に触れるのは、生まれて初めてです」

「いや、大げさでは？　アリスティは160年も生きているのですから、もっと素晴らしい歌に触れたことはあるでしょう」

「いいえ！　大げさではありません！　私、歌で泣いたこと自体が初めてなんですよ⁉」

……そうなのか。

私の弾き語りで、アリスティを感動させられたと思うと、ちょっと嬉しいな。

「それで、今の歌い方は何なのですか？　不思議な曲調と、感情豊かな歌い口でしたが」

「前世ではこういう歌い方をするのが一般的なんです。声楽曲は主流ではありませんでしたから」

現代日本では主流たるポップスやロックミュージック。

今歌ったボーカロイドもその系譜である。

アリスティには相当鮮烈に聞こえただろう。

彼女は言った。

「今の歌い方は、こちらの世界にも公表して積極的に広めるべきです。そしてお嬢様の歌声も、興行を行って、大陸全土に知らしめましょう！」

「お、落ち着いてください。話が飛躍しすぎです。興行を行うつもりなんてありませんよ」

「そんなっ！　私はお嬢様の歌声を、いろんな人に知ってもらいたいです!!　今の歌を誰にも共有できないなんて、もどかしいではありませんか!!」

ほう。

自分が良いと思った曲を、他人と共有したいとな？

まるで地球人らしいことを言うじゃない。

この世界にSNSがあれば、アリスティはどっぷりハマっていたかもしれないね。

「とにかく広めるつもりはないですよ。ただ、こういう種類の曲が気に入ったなら、たくさんストックはあるので、アリスティの前で歌って、弾いてあげますよ」

「そうなのですか？　どれぐらいストックがあるのでしょう？」

「うーん、５００曲ぐらいですかね？」

「ええ⁉　そんなに⁉」

まあ前世で普通に生きていれば５００曲ぐらいは覚えているものだと思う。

メロディさえ覚えていればピアノで演奏できるので、全部弾き語りが可能だ。

……まあ、いちいち歌詞を異世界言語に変換するのが大変そうだが。

「というわけで、他人に広めるのは諦《あきら》めてください」

「うう……仕方ありませんね」

アリスティが引き下がる。

そのあと、５曲ほど新しい歌を歌ってあげた。

よほどアリスティは私の歌と、前世の曲を気に入ってくれたようで、もっと聴きたいと言ってくれたが……

さすがに一気に歌いまくるのもどうかと思ったので、今日はここで中断した。

そしてこの日から、定期的にアリスティには弾き語りを聴かせることになったのだった。

その翌日。

朝。

晴れ。

私はコンテナハウスを錬成した。

左右25メートルぐらいの箱型のコンテナ家である。

このコンテナハウスで何をするかというと……

録音だ。

せっかくピアノで音楽を弾けるようになったので、その演奏を録音して、キャンピングカーのBGMとして使おうと思ったからである。

だが、野外でピアノの録音をしても、思ったより雑音が入る。

ゆえに防音設備を完備した録音施設で行おうと思った。

つまり、このコンテナハウスは、ピアノのレコーディングスタジオというわけである。

さらに録音したデータを調整するために、ノートパソコンも1台製作しておく。

異世界史上、初めてのパソコンである……！

まあ、今のところ音楽データの処理にしか使うつもりはないけどね。

湖のほとりに置いたコンテナハウスの中で、さっそく20曲ぐらいのクラシックを演奏し、録音する。

保存できたデータはノートパソコンに移して、再生しようとする。

ああ……そうだ。

イヤホンも必要か。

音楽を再生するだけなのに、作らなきゃいけないものが多いね。

イヤホンを錬成して、クラシック曲を再生し、確認してみる。

うん、良い感じの音質だ。

十分使い物になるだろう。

さて……あとは。
（スピーカーを作らないといけませんね）
キャンピングカー内で流すための音響設備の構築が、必要となるだろう。
スピーカーを設置する場所は、
私の寝室、
アリスティの寝室、
リビング、
お風呂、
……の4ヶ所でいいだろう。
スピーカーと、コントロールパネルを壁に設置する。
まあ、錬金魔法をもってすれば、これも10分程度で完了した。
（こうなると、音が他の部屋に漏《も》れると良くないですね）
4つの場所にスピーカーを置いたということは、最大で、4つの部屋から同時に音楽が流れるということになる。
それはうるさいというか、何がなんだかわからなくなってしまうだろう。
壁を防音にするか？
いや、さすがに面倒だ。
魔法で【消音石《しょうおんせき》】を作ろう。

消音石は、音が聞こえる範囲を限定できる魔法石だ。

本来は、軍人や権力者が、他者に聞かれたくない内緒話をするとき、用いるアイテムである。

軍の家庭で育ったエリーヌは、当然、作り方を知っている。

ゆえに、一瞬で製作した。

このアイテムはいろんなところで使えそうなので、この機会に、30個ほど量産しておくことにする。

とりあえず、スピーカーを設置した4つの部屋に、消音石を置いておく。

これで、音が他の部屋に漏れることはないし、部屋ごとに別々の音楽を流すこともできる。

完璧だ!!

さーて、そろそろ実践をしてみよう。

さっそくスピーカーにクラシック曲を入れて、リビングで、BGMを流してみることにする。

BGMを流すときは、コントロールパネルの開始ボタンを押すだけだ。

「……よし」

リビングに音楽が流れ出す。

ちなみに曲は、ヘンデルの【水上《すいじょう》の音楽《おんがく》】。

そのピアノバージョンだ。

無事に成功である。

これで、いつでも車内で音楽が聴けるようになるだろう。

「……？　これは……」

ちょうどそのとき、アリスティが外からキャンピングカーに戻ってきた。

ＢＧＭの存在に気づいたようだ。

「音楽が流れていますね……これもお嬢様が？」

「はい。スピーカーというものを設置して、録音したピアノ曲を流しています」

「録音……」

「録音とは、録画の音だけバージョンですね。演奏した音楽を保存し、何度も再現することができます」

「なるほど。つまり、音だけをビデオカメラで保存したということですね」

「ん……えーと、まあ、そんな感じですかね」

アリスティの解釈は微妙に間違っている気がするが、本人が納得していればそれでいいだろう。

私は言った。

「一応、アリスティにもＢＧＭの操作方法を教えておきますね」

「ビージーエム……？」

私は、音楽用語も含めて、アリスティにコントロールパネルの操作方法を教えていく。

まずは再生、停止について。

「ここに３つのボタンがありますね？　まず一番左が再生ボタンです。真ん中が停止。現在はＢＧＭが再生中なので、とりあえず停止を押してみますね」

停止ボタンを押すと、ＢＧＭが消えた。

ふたたび再生を押すと、ＢＧＭが流れ始める。

「簡単に再生と停止が行えるんですね」

「はい。あと、一番右は中断ボタンです。音楽を前回聴いたところから聴き始めたいときは、中断ボタンで一時停止をするといいでしょう」

「な、なるほど……」

柔軟な調整がきくことに、アリスティは軽く驚いていた。

続いて音量調節についての説明。

「さて次ですが……このプラス・マイナスでボリュームの設定ができます。たとえばプラスボタンを押せば、音量が上がります」

私はプラスボタンを5回押してみた。

するとリビング内のＢＧＭ音量が少しうるさいぐらいに跳ね上がる。

「す、すごいですねコレ……こんな簡単に音量を変えられるのですか？」

「はい。マイナスボタンを押せば音量が下がりますので、お好みのボリュームに設定してみてください」

私はマイナスボタンを押して、ＢＧＭを元の音量へと戻した。

「最後ですが……実は、現在、20曲ほどの曲を流せるようにしています」

「20曲……それをいつでも聴けるんですか。音楽家が知ればひっくり返るような技術ですね」

まぁ、たかが20曲なんだけどね。

これから100曲200曲と増やしていこうと思うけど。

「……で、その20曲には1番から20番までの番号を振っています。たとえば17曲目を聴きたければ、ここのフォームに17と入力して、再生ボタンを押してください」

アリスティの目の前で実践してみる。

17曲目はくるみ割り人形の【花《はな》のワルツ】である。

華やかな音楽が流れ始める。

アリスティは感激した。

「素晴らしい作りこみですね！　至れり尽くせりとはまさにこのことです。お嬢様の発明は高度なだけでなく、かゆいところにまで手が届く、高い利便性に溢《あふ》れていますね」

「まあ、日本はサービス精神旺盛ですからね……」

どこまでもお客様ライクで行き届いた製品を作るのが日本流だ。

「とにかく、これで音楽はいつでも再生可能です。使い方の説明は以上です」

「ありがとうございます。どんな曲が聴けるのか、とても楽しみです」

気づいたら昼になっていた。

ではBGMでも聴きながら、のんびりランチへとしゃれこむことにしよう。

湖での生活を始めて24日が経《た》つ。

そろそろ私のスローライフ生活が安定し始めた。

まず朝。
日の出ごろ。
キャンピングカーの寝室で起床する。
「んー！」
ベッドの上で上体を起こし、大きく伸びをする。
カーテンを開けて外の景色を見つめる。
今日は晴れのようだ。
天気を確認したあと、ベッドから起き上がる。
寝室を出ると、そのままキャンピングカーを下車して、湖の前で軽く体操をする。
「いっちにー、いっちにー」
朝の陽光と、湖のきらめきを眺めながらの体操。
自然の空気をいっぱいに吸って、眠気が少しずつ覚めていく。
体操が終わったらキャンピングカーに戻り、アリスティに朝食を作ってもらう。
パン。
ハム。
サラダ。
スクランブルエッグ。
……などなどのメニューで、お腹《なか》を膨らませる。

モーニングの後は、コーヒーを淹《い》れて、リビングで一服だ。
のんびりダラダラと時間を潰《つぶ》す。
2時間後。
朝食が腹に収まってきたのを見計らって、運動をする。
何の運動もしないでいると、身体がナマってしまうからね。
適度に筋トレをする。
この日は筋トレに加え、剣の素振りをしたあと、アリスティと軽い組み手を行った。
せっかく軍人令嬢として鍛えてきた格闘技術。
それを忘れないためである。
そして昼食。
この日はステーキの定食を作った。
まあ肉はいっぱいあるからね。
ランチが終わると、外に出る。
樹木にかけたハンモックで昼寝をしたり、読書をしたり。
そうやってのんびりと過ごしていく。
夕方。
車内で夕食を食べたあとは、お風呂だ。
ローズマリーの入浴剤を入れておく。

シャワーを浴びて汗を流したあと、私はアリスティに頼んでお酒を持って来てもらう。

今日はビールが飲みたかったので、ビール瓶《びん》を1本。

グラスはジョッキではなく、細長いシャンパングラスだ。

そこにビールをなみなみ注ぐ。

注ぎ終わったら、ビール瓶は、湯船のそばに設置した小さなサイドテーブルの上に置いておく。

湯船に浸かる。

そして。

夜のとばりが下り始めた美しい夕暮れを眺めながら、入浴を楽しむ。

「うん、今日も良い月だね」

浮かび始めた月を見上げながら、ぐいっとグラスをあおる。

ビールの酸味と苦味が口の中で弾ける。

しかもキンキンに冷えている。

冷蔵庫でがっつり冷やしておいたおかげだ。

最高に優雅なひとときである。

でも、これで終わりじゃない。

お風呂にはＢＧＭスピーカーを設置してある。

そのため、壁に取り付けたコントロールパネルから、音楽を再生できる。

私はビールグラスをサイドテーブルに置いたあと、一度湯船を上がって再生ボタンを押した。

ミュージックが流れる。

クラシックのピアノ音楽である。

自分で弾いた曲とはいえ、やはり音楽があると、全然違う。

そのバックグラウンドミュージックを聴きながら、私はもう一度、湯船に浸かり、くいっとグラスをあおった。

ビールの冷たい苦味がスパァっと弾ける。

はぁ……最高だ。

入浴剤の香り。

美味しいお酒。

素晴らしい景色。

湯船の温かさ。

ピアノクラシックの調べ。

これこそ、まさに、このスローライフ生活における集大成だ。

私は、そのうっとりするような時間を存分に満喫した。

やがて、お風呂を出る。

風呂上がりは、リビングでのんびりする。

アリスティと静かにお酒とおつまみを楽しみながら、語り合ったり……。

そうして夜も更けてきたころ。

「おやすみなさい、アリスティ」

「おやすみなさいませ。お嬢様」

アリスティに就寝の挨拶《あいさつ》をする。

そして寝室で、眠りにつく。

これが、私の湖での生活だ。

日によって細かい違いはあれど、おおむねこんな感じで、毎日まったりと過ごしている。


湖で暮らし始めて、1ヶ月が過ぎたころ。


晴れ。

朝。

私はリビングで提案した。

「バーベキューをしましょうか」

アリスティが首をかしげる。

「バーベキュー、ですか？」

「前世で、炭火焼などを指す言葉です。ただ一般的にバーベキューといえば、野外で行う焼き肉のことですね」

「炭火焼……」

ああ、そうか。

アリスティは炭火焼も知らないか。
私はにやりと笑った。
炭火焼の肉にタレをつけて食べるのが、どれほど美味しいか。
とくと味わわせてやろう。
……というわけで。
私はキャンピングカーの前でバーベキューコンロを錬成した。
その他、着火剤や紙コップ、トングなど使えそうな物品も作っておく。
肉は魔物肉がいくらでもあるが、ウルフ、イノシシの魔物肉を使うことにしよう。
あとは野菜類。
キノコ類。
それからソーセージが欲しいと思ったので錬金魔法で作る。
そして。
一番重要なことは……調味料の準備だ！
錬金魔法で、
タレ。
バター。
醬油。
などなどを作る。

よし。
準備は完璧だ！
夕方。
私はバーベキューを開始することにした。
夕陽《ゆうひ》が傾いて、空が朱色に染まっている。
湖はオレンジがかった銀色の水面を湛《たた》え、憂愁の雰囲気を醸している。
夕暮れなずむ湖のほとり。
私はアリスティとともにバーベキューを行うことにした。
まず、テーブルを設置。
長椅子《ながいす》を設置。
食材を用意。
テーブルの上にはビールとお茶、それを入れるための紙コップを用意した。
紙皿と食器も置いていく。
炭火の準備をする。
草の上にバーベキューコンロを設置。
コンロの中に炭を積む。
着火剤に火をつけて炭を20分ほど焼いたあと、積んだ炭を均等に並べた。
あとはコンロの表面に網を置いて完成だ。

（さて、食材を置いていこう）

まずはトングを持って肉を置く。

たまねぎ、キャベツ、パプリカなどの野菜を置く。

キノコも塩をかけて置く。

別のキノコは、バター・醤油とともにアルミホイルで包んで、置く。

よし、はじめはこんなものだろう。

「これが炭火焼ですか？　こんな調理方法は初めて見ました」

アリスティが感心したように、バーベキューコンロを見つめていた。

「炭火焼は本当に美味しいですよ。初めて食べたら驚くと思います」

炭火焼は、肉の表面を素早く焼いて、肉の中の旨味《うまみ》を逃がさないように閉じ込める焼き方だ。

肉汁がジュワッと溢れ出てくる焼き上がりになるので、通常の焼き方より美味しいのだ。

原理を説明すると、アリスティが感心する。

彼女は聞いてきた。

「ちなみに、この銀色の紙はなんでしょう？」

「その紙はアルミホイルといいます。アルミホイルに包んで焼く方法はホイル焼きといって、蒸して焼く調理方法ですね」

「紙に包んで食材を焼くのですか……珍妙でございますね」

「この紙は、水分を通さないんです。なので、キノコの旨味や肉からしたたる肉汁、そして調味料であるタレを、紙の内側に閉じ込めることができます」

「ああ、なるほど！」

「まあ、あとはバーベキューでバターを使うときは、ホイルに包んだほうが、溶かしやすいということもありますね」

「そのバターというのは――――」

アリスティは、いろいろと質問をしてきた。

バーベキューに使う調味料、調理法などは、メイドである彼女にとって、とても関心の引くものだったらしい。

私はアリスティの質問に一つ一つ答えつつ、トングで食材を焼いていく。

数分後。

ようやく食材が焼けてきた。

「そろそろ食べましょうか」

トングで食材をつかんで、紙皿へと移した。

肉、野菜、キノコと、どんどん移していく。

「先に食べてくださって構いません。肉も野菜も、タレをつけて召し上がってみてください」

「はい。では――――」

野外テーブルに座ったアリスティ。

フォークを手にとる。

……と。
そのときだった。
アリスティが不意に後ろを振り返った。
私はアリスティの視線を追う。
2人の女性が立っていた。
ざっ……と森の中から、彼女たちがこちらへと近づいてくる。
女性たちは、一目見て、平民ではないとわかるいでたちであった。
私とアリスティのように、主従関係を結んでいるのだろうとすぐにわかった。
視界の左側に立つ女性は、騎士の姿をしている。
ポニーテールの蒼髪《そうはつ》であり、黄色の瞳。
武をたしなんできた者ならばわかる、強者の気配をまとっていた。
きりっとした瞳をこちらへと向けている。
明らかに警戒をあらわにしていた。
対して、視界の右側に立つ女性は、高貴なドレス姿。
肩にかかるぐらいのボブカットヘアーであり、赤髪。
黄玉の色合いをした宝石のような瞳であった。
夕陽に、髪と瞳が美しくかがやく。
間違いなく、この女性は、私よりも「格上」である。

エリーヌ・ブランジェも一応貴族の生まれであるから、貴人としての風格はある。

しかしそれでも、彼女には遠く及ばない。

その女性は本物のノーブルであり、気品をまとっていた。

やんごとなき身分のご令嬢だろう。

侯爵、公爵……あるいは、それ以上も有り得る。

（ここは侯爵領ですし、侯爵令嬢かもしれませんね。でも、どうしてこんな森の奥に……？）

わからない。

ただ、まあ、粗相のないようにしておかなくてはいけない。

そう思い、軽く挨拶をしようと思った矢先、赤髪の令嬢が言ってきた。

「湖を前にしての食事とは……とても粋《いき》な催しをされておられるのですわね」

リズニス語である。

エリーヌ・ブランジェは英才教育にてリズニス語も習得している。

なので、私は慌ててランヴェル語から、リズニス語へと脳の回路を切り替えた。

そうしてぎこちなく返事をする。

「えっと……その、はい」

令嬢はドレスの端をつまんで挨拶をする。

「申し訳ありません、お食事の邪魔をしてしまいましたわね。わたくしはシャーロットと申します。

こちらは従者のユレイラですわ」

ユレイラと紹介された女騎士は、憮然《ぶぜん》としていたが、軽く会釈だけは行った。

名乗られた以上、名乗り返さないわけにはいかないので、私とアリスティは立ち上がる。

「私はエリーヌと申します。こちらはメイドのアリスティ」

アリスティが一礼をする。

シャーロットさんは尋ねてきた。

「とても美味しそうな匂《にお》いですわね。いったい何を召し上がっておられるんですの？」

そう口にしながらこちらに一歩近づこうとしたとき、ユレイラさんが止めた。

「シャーロット様。不用意に近づいてはなりません」

「ん……ユレイラ？　そんなに警戒しなくても大丈夫でしょう？　この方たちは、食事を摂っておられただけですわよ」

「それはそうだとは思いますが……実は、そちらのメイドに、覚えがあります」

……！

私はびくっとする。

ユレイラさんがアリスティを睨《にら》みながら言った。

「アリスティ・フレアローズ。かなり名の知れた軍人メイドですよ」

「あら、有名人なんですの？」

シャーロットさんが尋ねると、ユレイラさんが答えた。

「はい。戦場で会っても決して戦うな――そう伝えられる戦士は6名ほどおりますが、そのう

ちの1人が彼女です。実際に顔を見たことがあるので、間違いありません」

なるほど。

ユレイラさんは身なりからして騎士だろうから、戦場経験もあろう。

ならばアリスティのことを知っていてもおかしくはない。

「素手の一撃で城門を破壊する、驚異的な打撃力を持つことから、【歩《ある》く攻城兵器《こうじょうへいき》】とも呼ばれた武人。たった1人で3000人の兵士を全滅させた、という逸話もあるほどです」

「まあっ、とてもお強いんですのね！」

シャーロットさんがなぜかはしゃいでいた。

というか、今の情報、初耳だ。

私はアリスティに確認する。

「本当に1人で3000人を全滅させたんですか？」

するとアリスティは困ったような顔をして、次のように答えた。

「いえ……1人で3000人の軍団と戦ったのは事実ですが、実際は、手前にいる200人ほどを倒したら、撤退していきました」

「ああ、なるほど……」

どういうことがあったのか、すぐに想像できた。

アリスティが1人で無双し、一方的に殺戮《さつりく》しまくったのだろう。

その結果、200人ほどが死んだ段階で、兵たちは戦意喪失し、退却を決意したというわけだ。

3000対1というのは、数の暴力で押し潰せるように感じるが、敵がたった1人であっても、それが竜のごとき強さを持つ相手なら、誰だって戦いたくないと思うもの。

ただ結果としては、1人で3000人を退けたことになるから、いつの間にか尾ひれがつき、「全滅させた」という噂《うわさ》になって広まったのだろう。

ユレイラさんは言う。

「アリスティ・フレアローズは戦場を引退し、どこぞの貴族に仕えたと聞きました。確かランヴェル帝国の――――」

「ユレイラ」

シャーロットさんが言葉をさえぎるように言った。

「詮索は無用にいたしましょう。わたくしは別に、この方々がどこの誰であるかなど、興味はありませんわ」

「……しかし」

「いいのですわ。わたくしたちは、そうですね……旅の途中で出会った冒険者です！　冒険者同士なのですから、互いの詮索はしないのですわ」

この場に冒険者と言えそうな者は1人もいないのだが、そういうことにしてくれるらしい。

シャーロットさんは続けて言った。

「そんなことよりも、さっきから美味しそうな匂いがただよって、お腹が空《す》いてきましたの。よろしければわたくしも、この食事会に参加させていただけませんかしら？　もちろんお礼はいたしますわ」

ん……。

予想していなかった申し出だ。

食事への同席か。

気乗りはしないけど、承諾するしかないかな。

相手は明らかに上級貴族。

どうして初対面の相手に、メシをくれてやらねばならんのだ……などと突っぱねてはいけない。

ここで拒否して怒らせたら、最悪、処罰されてもおかしくはないからだ。

「ええ。構いませんよ。では、こちらのテーブルへおかけください」

シャーロットさんがうなずいて、近づいてくる。

彼女が座ると、ユレイラさんはその斜め後ろに控えた。

私はトングを持って、食材を追加で焼き始めた。

シャーロットさんが聞いてきた。

「ところで、あちらにあるのはなんですの？　魔物ではないようですが」

彼女が示唆したのはキャンピングカーであった。

どう答えたものかと悩みつつ、私は返答する。

「あれは……新型の馬車ですね。私が錬金魔法で開発したものです」

「まあっ、あなたは錬金魔導師なんですのね？」

錬金魔法を使う者のことを錬金魔導師という。

ちなみに錬金術師という言葉はあまり一般的ではない。

「新型の馬車と聞くと、とても興味がありますわ。中を見させてもらっても？」

「構いませんよ」

私は肯定した。

キャンピングカーの存在を隠すつもりはなかった。

こそこそしていても不審がられるだけだしね。

シャーロットさんは言う。

「では食事の後にお願いしますわね。あ、でも、じきに夜になると、中が見えなくなってしまうでしょうか」

「その点については大丈夫です。錬金魔法で開発した照明がありますので」

「照明も作れるんですのね？　すごいですわ！」

「いえ、それほどでもありません。あ、野菜はこれぐらいでいいですね。そちらのタレをつけて、どうぞ召し上がってください」

私は軽く焼いた野菜を紙皿に移して渡した。

シャーロットさんはフォークを持って、しげしげとタレに目を落とす。

「タレというのはこちらですの？　不思議なとろみのあるソースですわね」

それからフォークで突き刺した野菜をタレにつけた。

口に運んでいく。

「まあっ！」

シャーロットさんが感嘆の声をあげた。

「これは美味なソースですわね！　これと野菜だけでも、ご馳走になりますわよ⁉」

さすがにご馳走というのは言いすぎだと思うが……

野菜にタレをつけるだけでも、そこそこ美味しいのは同意する。

シャーロットさんはユレイラさんを振り返って言った。

「ユレイラも、座って食べなさいな」

「いえ……私は」

「今日は無礼講ということにいたしましょう。わたくしたちは冒険者なのですから、主従関係はナシということで」

「……」

ユレイラさんは困惑していたが、最終的には折れた。

そのときシャーロットさんは、不思議そうな顔をして聞いてきた。

「そういえば、アリスティさんが料理を作るのではないのですわね？　お二人には主従関係はないんですの？」

「いえ、私とアリスティは主従の関係です。ただ、この催し……バーベキューは、今回が初めてですので、私がアリスティに見本を見せているんです」

「なるほど。そのバーベキューというのは、エリーヌさんゆかりの催しということですのね」

「はい。私の故郷で流行っていたものですね」

「湖を前にした食事会とは、とても風情のある催しですわ。わが国でも取り入れてみましょうかしら」

ふむ。

わが領地、ではなく、わが国……か。

もうその発言で、やんごとなき身分だと自白しているようなものだが……聞かなかったことにする。

と、そろそろ肉が焼けてきた。

「ウルフ肉です。こちらもタレをつけて召し上がってください」

紙皿に肉を移していく。

シャーロットさんが言った。

「本当に良い匂いですわね。食欲をそそりますわ！」

ユレイラさんも同意する。

「確かに……これほど香ばしい匂いの肉料理は、初めてですね」

そうして肉を観察したのち、フォークで突き刺した。

タレに浸したあと、口に運んでいく。

咀嚼《そしゃく》。

するとシャーロットさんが目を見開いた。

「え⁉　な、なんですのこれは⁉　こんなに美味しいお肉が⁉」

ユレイラさんも唖然《あぜん》として固まっている。

「……わ、私も驚きました。ここまで美味しい肉料理は初めてかもしれません。肉の旨味がタレに絡《から》み合《あ》って、本当に素晴らしい」

2人はひときれ、ふたきれと嬉しそうに食べていく。

私は微笑《ほほえ》みながら尋ねた。

「ところで、お二人の年齢をうかがっても？」

シャーロットさんが答える。

「わたくしは22歳ですわ。ユレイラは115歳。……それが何か？」

「はい。どうやらお酒を飲んでも大丈夫な歳《とし》ですね。実は、この肉料理には、私の開発したお酒が合うんです。ビールっていうんですけどね」

「まあっ、お酒まで開発していらっしゃるんですの？　ずいぶんと多才ですのね」

「あははは。まあ私はクラフト馬鹿《ばか》でして……それで、いかがでしょう？　ビールを飲んでみますか？」

「ええ。せっかくですし、いただきたいですわね。ユレイラ、確か酔い止めの薬がありましたわね？」

「はい。ございます」

ユレイラさんが酔い止めの薬を2つ、取り出した。

それを、シャーロットさんとユレイラさんが飲む。

私はアリスティに命じた。

「アリスティ、冷蔵庫のビールを持ってきてもらえますか？」

「かしこまりました」

アリスティがキャンピングカーに向かう。

すぐにビール瓶を持って戻ってくる。

そのあと、ビールジョッキになみなみとビールを注いだ。

シャーロットさんは興味深げに見つめる。

「黄金のお酒ですわ！　このような美しいお酒は、初めて見ました」

「ジョッキも樽《たる》ジョッキではないんですね」

とユレイラさんが指摘する。

それからシャーロットさんはジョッキをつかんで、口に運ぶ。

直後、感激の色を浮かべた。

「……！　これはまた、素晴らしい味わいですわね！　苦味とシュワシュワと弾けるような感覚が、面白《おもしろ》くて素敵ですわ！」

と、そのとき。

同じようにビールを飲んだユレイラさんがバッと立ち上がる。

私に尋ねてきた。

「こ、こここれは、いったいどこで手に入れたお酒なのですか⁉」

「え？　いえ、ですから、私が錬金魔法で開発したものですよ」

「あ、そ、そうでしたね。いや、というか、錬金魔法で⁉　魔法でこのような名酒を開発なされたのですか？」

「名酒というのは言いすぎですが……そうですよ。まあビールに関しては、一から手作りも可能ですが、魔法で作ったほうが早いので」

ビールを一から醸造するとなると、かなり面倒な手順があるだろう。

魔法があると酒造りがラクでいい。

シャーロットさんが言う。

「お酒を錬金魔法で作れるなどというのは、初耳ですわね。しかしユレイラは、よほどこのお酒を気に入ったようですわね」

「は、はい……取り乱してしまい、申し訳ありません」

「ふふ。酒好きのユレイラを絶賛させるとは、本当に素晴らしいお酒なのですわね。これは味わって飲まないといけませんわね」

ユレイラさん、お酒が好きなのか。

まあ、戦士や騎士は飲み慣れている人は多いものだ。

アリスティも相当イケる口だしね。

私は言った。

「ビールはいくらでもありますし、ぐいぐい飲んでくださって構いませんよ」

言ってはなんだが、ビールなんて名品というわけではない。

この世界では珍しいから、希少なのは間違いないが、本来は、ぐびぐび飲んで楽しむものだろう。

ユレイラが言った。

「このような名酒を気前よく振る舞ってくださるとは、エリーヌ殿は、懐《ふところ》の深い御仁ですね」

「えっと……それほどでもありませんよ」

私がそう苦笑しながら答えると、シャーロットさんが言ってきた。

「これほどのもてなしを受けたのですから、こちらも十分なお礼をしなければなりませんわね。ユレイラ、例の宝玉を出しなさい」

「……はい。かしこまりました」

ユレイラさんがアイテムバッグから丸い球を取り出した。

紫色に輝く宝球である。

「【魔宝玉《まほうだま》】ですわ。錬金魔導師でしたら、ご存知でしょう。忘れないうちに贈呈しておきますわね」

――魔宝玉。

かつてはSランクにも認定されていた重要な素材である。

大きな魔力を保有する魔具や武器……それらを製作する錬金素材として、必須ともいうべきアイテム。

私は素直に喜んだ。

「ありがとうございます！　魔宝玉は、いろいろな製作に活用できるので、本当に嬉しいです！」

魔宝玉を受け取り、アリスティにアイテムバッグへと収納させた。

さて、食事が進む。

シャーロットさんもユレイラさんも、バーベキューを存分に楽しんでくれた。

そして夕陽が沈み、夜のとばりが下り始めたころ。

すっかり4人とも、お腹が膨れたので、バーベキューを終了することにした。

シャーロットさんが言った。

「至高のひとときでしたわ。素晴らしい夕食を提供していただき、ありがとうございました」

「いえいえ。こちらこそ、楽しんでいただけたようで何よりです」

すると、シャーロットさんがキャンピングカーのほうを振り向いた。

「夜になってきましたね。こう暗くなっては、あの馬車の中を見せていただくことも難しいでしょうか」

私が首を横に振って言う。

「いえ。さきほども申し上げた通り、照明がありますので、ご覧になれますよ」

「その照明というのは、やはり、ロウソクを使ったものではない……のですわよね？」

「はい。私が独自に開発したものですから。……まあ、実際に見てもらったほうが早いと思います。

それじゃあ、私たちの馬車——キャンピングカーへと参りましょうか」

私たちは立ち上がる。

バーベキューセットは後で片付けることにして、キャンピングカーに向かって歩いていった。

キャンピングカーを開ける。

中に入ると同時に、壁のスイッチを押して電気をつけた。

私は外に向かって言った。

「さあ、中へどうぞ。ああ、靴はそちらの靴箱に入れてから、おあがりください」

「え、ええ……」

シャーロットさんとユレイラさんは靴を脱いで、靴箱へ。

靴下の状態でリビングにあがる。

シャーロットさんは困惑の色をあらわにしながら、きょろきょろと周囲を見回している。

「これは……本当に馬車ですの？」

ユレイラさんも驚きながら言う。

「見たこともない内装ですね。通常の馬車に比べて広いですし……照明も、本当に明るいです」

電気照明は部屋の隅々まで光を照らす。

ロウソクの火に慣れ親しんできた者からすれば、衝撃を受けるほどの差に違いない。

するとユレイラさんがふいにキッチンへと目を留めた。

不思議そうな目でガスコンロを見つめながら、尋ねてくる。

「これは何をするところでしょう？」

私は答える。

「それはキッチンですね」

「……え？」

ユレイラさんがきょとんとした。

「失礼。今キッチンだとおっしゃったように聞こえたのですが、聞き間違いですか？」

「いいえ。そう答えましたよ」

するとユレイラさんが非難めいた声をあげた。

「ご、ご冗談を！　馬車の中にキッチンなど……あるはずがないでしょう⁉」

「いえ……本当にキッチンですよ。見ててください」

私はガスコンロのツマミをくるっと回した。

ボッ、と火がつく。

そのうえにフライパンを乗せた。

「こんなふうに火をつけ、フライパンや鍋を乗せて食材を調理します。ちなみにこちらの蛇口を回せば水も出ます」

ためしに水を出してみた。

一連の光景を見ていたシャーロットさんとユレイラさんは、絶句していた。

シャーロットさんは言う。

「そこの取っ手を回すだけで火がつくのですか？　どういう魔法なんですの？」

「えーっと、魔法で作りはしましたが、仕組み自体は魔法ではないんですよね。ただそれを説明するのは、結構専門的な話になるので、遠慮させてください」

「そ、そうですの……」

シャーロットさんはあっさり引き下がった。

どうせ説明されてもわからないと思ったのだろう。

まあ、私も科学の基礎を一からレクチャーするつもりもない。

話題を変えるように、シャーロットさんが尋ねてきた。

「この馬車にはたくさん扉がありますが、もしかして個室があるんですの？」

私はうなずき、答えた。

「はい。そちらの扉がトイレで、そっちがお風呂ですね」

「……へ？」

「それで、奥のほうは寝室です。あっちは馬車の運転席で――」

「ちょ、ちょっと待ってくださいまし！　トイレ!?　お風呂!?　いったい何をおっしゃっておられますの!?」

シャーロットさんが困惑を隠せないとばかりに尋ねてくる。

私は答える。

「実は、この馬車――キャンピングカーは、車内で生活できるように作ったものなんです。ですから、浴室、キッチン、トイレ、寝室など、人が生活するために必要な設備は、全て備わっています」

「そっ、そんな馬車があるわけありませんわ!?　馬車にお風呂やトイレまで設けるなんて……そんなこと」

「実際に見てもらえればわかりますよ」

私は浴室の扉を開く。

それをシャーロットさんたちに見せた。

彼女たちは、洗練された浴室の内装に驚嘆した。

「ゆ、湯船に張る水はどのように貯《た》め……いえ、そばに湖があるのですから、水はいくらでも確保できますわね……」

シャーロットさんは驚きつつ、納得する。

そのあと、トイレについても解説した。

使い方の説明をしたあと、実際に使ってみたいとシャーロットさんが言い出したので、許可した。

そしてトイレから出てきたシャーロットさんは感激していた。

言うまでもないことだが、異世界の馬車におけるトイレ事情とは、劣悪なものである。

それに対し、快適かつ清潔なトイレが完備されたキャンピングカーは、夢のような技術に思えたようだ。

リビングに戻ったシャーロットさんは、テーブルのそばに立って言った。

「この馬車、欲しいですわ!!」

シャーロットさんが昂奮《こうふん》したように言ってきた。

「キャンピングカーと言いましたわね!? これはまさしく馬車の新境地! わが国……いえ、大陸全土を見渡しても、これほど見事な馬車は存在しないでしょう！　是非買い取らせていただきたいです！」

まあ、そう来るよね。

最初からわかっていた。

だから私は用意していた答えを述べる。

「条件次第で、構いませんよ」

「条件？　なんですの？　お金なら、いくらでもお支払いいたしますわよ。この馬車になら、30億……いえ、50億ディリンを出しても構いませんわ！」

わお……

50億円の自動車かぁ。

人類史上、最高額がつけられた瞬間ではなかろうか。

というか、この人……50億なんて大金を右から左へと動かせるのか。

やはり最上級貴族のご令嬢であることは間違いないだろう。

「価格はのちほど相談としましょう。ただ、このキャンピングカーをそのまま譲るのではなく、新たに製作するという形になりますが」

「製作！　そういえば、この馬車はあなたが自作したとおっしゃっておられましたわね」

「はい。これは私が、錬金魔法を使って作ったものです」

シャーロットさんが深く感嘆したようなため息をつく。

「あなたは……天才ですわね。とても名のある錬金魔導師ではありませんの？」

「いえ。実は、あまり錬金魔法を他者に披露したことはなかったので、無名です」

「無名……」

シャーロットさんは、信じられないといった顔をする。

そのあと、ユレイラさんのほうを振り返った。

2人で何かを示し合わせたように、うなずき合う。

それからふたたびこちらを向いて、言った。

「エリーヌさん……あなたをわが国に勧誘させていただいてもよろしいでしょうか？」

「勧誘、ですか……」

「ええ。国家最高の錬金魔導師の座を用意いたしますわ。それを命ずる権限が、わたくしにはありますの」

そして。

シャーロットさんは、ついに自身の正体を打ち明けた。

「もうお気づきでしょうが……わたくしは一介の貴族ではありませんし、もちろん冒険者などではありません。わたくしの名は、シャーロット・ディ・バルタ・ド・リズニス。リズニス王国の第一王女ですわ」

うわぁ……。

ワンチャン公爵令嬢も有り得るかと思ったけど……

王女さまだったか。

しかもリズニス王国って女王制だし、王家が女系なんだよね……。

それってつまり、このひとは、次期女王の筆頭候補ってことで。

なんでこんな人が森を歩いてんねん?

関西弁になってまうやん?

……なんて言ってる暇はない。

私は拝礼のために膝《ひざ》をつく。

そばで立っていたアリスティもひざまずいた。

私は述べる。

「やんごとなき御方であるとは認識しておりましたが……まさか姫殿下とは。さきほどは数々のご無礼をいたしました。お許しください」

まあ、庶民基準でいえば、さして無礼なことはしてないが……

貴族の場合は、いろいろと勝手が違う。

殿下と同じテーブルでご飯を食べたこと。

殿下に「エリーヌ」という名だけを告げて、苗字《みょうじ》を教えなかったこと。

殿下の許可なく、目を見て話したこと。

……などなど、まるで王族と対等であるかのように振る舞う行為は、全て重罪である。

ただ、本当に処罰されるわけではない。

殿下と知らずにそうしていたのであれば、謝罪さえすれば、許しを与えるのが王族のならいだ。

これはランヴェル帝国だろうがリズニス王国だろうが、どこでも変わらない。

シャーロットさん――殿下は、述べた。

「無礼だなんて。あまりよそよそしくされるのは、嬉しくありませんわ。さきほどのように振舞っていただければ」

「……さすがにそういうわけには」

「いいえ。気軽に接していただけたほうが、こちらも気楽ですもの。さ、どうか立ち上がって、先刻と同じように接してくださいまし」

「……わかりました。では呼び方だけ、シャーロット殿下と改めさせていただきます」

「それで構いませんわ」

私とアリスティは立ち上がった。

シャーロット殿下はふたたび尋ねた。

「それで……さきほどの問いについての返答を聞かせていただいてもよろしいでしょうか。わが国を代表する錬金魔導師――メリスバトン（宮廷魔導師・錬金魔法部・第一席）になっていただけませんか？」

――メリスバトン。

それは錬金魔導師の第一席の名称である。

錬金魔法を重宝している国に置かれる官職だ。

「折りしも現在、メリスバトンは空席ですの。それゆえ、あなたを第一席に据えるのは、簡単なことですわ」

「第二席の人に怒られませんかね、それ」

メリスバトンが空席なのだとすると、次の候補は、現在第二席の者となるのが順当だ。

シャーロット殿下は答える。

「まあ、いきなりの大抜擢《ばってき》となると反発もあるでしょうが、これらの素晴らしい技術を目にすれば、どんな愚か者の口も黙らせることができましょう。ね、ユレイラ？」

「はい。錬金魔法にさほど詳しくない私の目から見ても、エリーヌ殿の技術は隔絶しているように感じますので……ただ、素性が不明なところだけが心配です。エリーヌ殿は、他国の貴族ということはないでしょうか？」

ユレイラさんがそのように尋ねてくる。

私がメイドを引き連れているから、貴族か、それに準ずる富裕層であるとは推察していたのだろう。

私は答えた。

「正確に言うと元貴族……です」

「元……ですの？」

「はい。実は私は、いろいろ事情があって国外追放となった身です。元々はランヴェェル帝国、ブランジェ家の末女として育ちました」

本当はブランジェの名は隠しておきたかったが、もうぶちまけておくことにした。

国外追放者であると告げておいたほうが、メリスバトンを断りやすいと思ったからだ。

そう。

私は、メリスバトンなど望んでいない。

私の望みは、健やかなスローライフ生活である。

もしも宮廷魔導師になど成ってしまったら、政務と社交に忙殺され、その望みが叶《かな》わなくなってしまう。

やっと貴族社会から解放されたのに、ふたたび面倒くさいしがらみにとらわれるのは、真っ平御免だった。

……と。

ブランジェ家の名前を出したことで、シャーロット殿下は驚愕した。

「ブランジェ家……え⁉　今、ブランジェ家と申されましたかしら⁉」

「は、はい。そうですが……」

「あなた……もしかして、フレッド・フォン・ブランジェの妹君ですの⁉」

「あぁ……さすがはリズニス王国の姫太子ですね、兄上の名をご存知でしたか」

フレッドは子爵令息であり、本人自身も「フォン」の名を持つ子爵位であるものの、貴族として高くない身分であるのは間違いない。

ただ、それでも近隣諸国では有名な存在であった。

戦争で華々しい活躍を行ったからである。